中國語言文字研究輯刊

十七編

許學仁 主編

第 3 冊

陸佃及其爾雅學研究（下）

林協成 著

花木蘭文化事業有限公司

國家圖書館出版品預行編目資料

陸佃及其爾雅學研究（下）／林協成 著 -- 初版 -- 新北市：
花木蘭文化事業有限公司，2019〔民 108〕
目 4+136 面；21×29.7 公分
（中國語言文字研究輯刊 十七編；第 3 冊）
ISBN 978-986-485-923-8（精裝）
1. 爾雅 2. 研究考訂
802.08   108011978

ISBN-978-986-485-923-8

中國語言文字研究輯刊
十七編　　第三冊　　　　ISBN：978-986-485-923-8

陸佃及其爾雅學研究（下）

作　　者　林協成
主　　編　許學仁
總 編 輯　杜潔祥
副總編輯　楊嘉樂
編　　輯　許郁翎、王　筑、張雅淋　美術編輯　陳逸婷
出　　版　花木蘭文化事業有限公司
發 行 人　高小娟
聯絡地址　235 新北市中和區中安街七二號十三樓
　　　　　電話：02-2923-1455／傳真：02-2923-1452
網　　址　http://www.huamulan.tw 信箱 hml810518@gmail.com
印　　刷　普羅文化出版廣告事業
初　　版　2019 年 9 月
全書字數　451391 字
定　　價　十七編 18 冊（精裝）　台幣 56,000 元　版權所有 · 請勿翻印

陸佃及其爾雅學研究（下）

林協成 著

目

次

第二節　陸佃爾雅學著作引詩賦考

《埤雅》一書，除徵引典籍內容釋義外，亦有引單篇詩、賦以釋義之處，以下將以作品時代為序，將《埤雅》所徵引之詩賦作品考述之。

一、戰國

1、屈原〈離騷〉、〈招魂〉、〈懷沙〉、〈惜誦〉、〈天問〉

（1）撰者生平

屈原（前340～前278），名平，字原，以字行；戰國楚國人，為楚國公室。懷王時曾任三閭大夫、左徒等職，王甚信之，然因上官大夫進讒於懷王而漸疏之且逐漢北。頃襄王之際，又遭令尹子蘭之妒，使上官大夫短屈原於頃襄王，頃襄王怒而放逐於江南，後終不受用且多次見逐於君，故自投汨羅以死。事蹟見《史記・卷八十四・列傳第二十四・屈原傳》

（2）解題

《漢書・藝文志》曰「屈原賦二十五篇」，今據《史記・屈原賈生列傳》所言可知〈離騷〉及〈懷沙〉之創作動機，傳曰：

> 屈平疾王聽之不聰也，讒諂之蔽明也，邪曲之害公也，方正之不容也，故憂愁幽思而作〈離騷〉………屈平之作〈離騷〉，蓋自怨生也。……屈原至於江濱，被髮行吟澤畔。顏色憔悴，形容枯槁……乃作〈懷沙〉之賦。……於是懷石遂自汨羅以死。」

由是可知〈離騷〉乃作於上官大夫之讒被逐後發憤以抒情所作。文中首述身世，繼則引古今盛衰得失以刺世事，次則以想像之筆述欲上訴於天帝而不得，次則借靈氛占卜、巫咸降神，詢問出路，終則表露以死明志之心。

〈天問〉亦為屈原被流放後之作，文中以天文、地理、人事以為問，共提出一百七十二個問題以宣洩憤懣，抒發愁思。

〈惜誦〉及〈懷沙〉同屬〈九章〉。〈懷沙〉表現出雖心懷故地長沙，然欲往而就死絕筆之作。〈惜誦〉乃遭懷王初疏，又進言得罪於小人所作，故借賦以言己忠信事君之情。

〈招魂〉則藉描繪楚地招魂之習俗，告誡讓靈魂各方、上天、幽都皆不可

往，唯有楚方爲故居，故文末即言楚地之美以祈靈魂歸楚，以「目極千里兮傷春心，魂兮歸來哀江南」作結。

（3）引文舉例

《埤雅・卷五・釋獸・狗》引〈懷沙〉曰：

> 屈子曰：「邑犬羣吠，吠所怪也」

按：此引自《楚辭・九章・懷沙》，原文爲「邑犬群吠兮，吠所怪也。非俊疑傑兮，固庸態也。」〔註459〕

《埤雅・卷十・釋蟲・蜂》引〈招魂〉曰：

> 《楚辭》所謂「赤蟻若象，玄蜂若壺者」也

按：此引自《楚辭・招魂》，原文爲「赤蟻若象，玄蜂若壺些。五穀不生，叢菅是食些。其上爛人，求水無所得些。彷徉無所倚，廣大無所極些」。〔註460〕

《埤雅・卷十・釋草・虞蓼》引〈離騷〉曰：

> 〈離騷〉曰「蓼蟲不能從乎葵藿」則葵藿甘而蓼苦故也

《埤雅・卷二十・釋天・月》引〈惜誦〉曰

> 屈子曰：「懲於羹者吹虀」此之謂也。

按：此引自《楚辭・九章・惜誦》，原文爲「懲熱而吹虀兮，何不變此志也？」。

〔註461〕

《爾雅新義・卷十五・釋蟲》「蚍蜉、大螘，小者螘」引《楚辭》曰：

> 《楚辭》曰「赤螘若象。」

按：此引自《楚辭・招魂》。

《爾雅新義・卷十五・釋蟲》「果蠃，蒲盧」引《楚辭》曰：

> 《楚辭》曰「玄蜂若壺。」

按：此引自《楚辭・招魂》。

〔註459〕見（宋）朱熹：楚辭集注》，（臺北：中央圖書館，1991年2月），頁106。
〔註460〕見（宋）朱熹：楚辭集注》，（臺北：中央圖書館，1991年2月），卷七，頁164。
〔註461〕見（宋）朱熹：楚辭集注》，（臺北：中央圖書館，1991年2月），卷四，頁89。

《爾雅新義・卷十六・釋魚》「鼁䵷，蟾諸」引《楚辭》曰：

　　《楚辭》曰「顧兔在腹。」

按：此引自《楚辭・天問》。

2、宋玉〈風賦〉

（1）撰者生平

　　宋玉（？～？），戰國鄢人，宋玉生平資料見諸於正史者，僅《史記・屈原賈生列傳》曰：「屈原既死之後，楚有宋玉、唐勒、景差之徒者，皆好辭而以賦見稱。」及《漢書・藝文志》於「宋玉賦十六篇」下注曰：「楚人，與唐勒同時，在屈原後也」二處。《韓詩外傳》〔註462〕、《新序》〔註463〕等書則有零星記錄。曾仕楚襄王。好辭賦，《漢書・藝文志》載賦作有十六篇，今散見於王逸《楚辭章句》及《文選》有十三篇，然僅〈九辯〉一篇爲宋玉可信之作。

（2）解題

　　〈風賦〉雖題爲宋玉作，後人疑爲託作。〈風賦〉寓有勸諷之意，文中藉楚王之雄風、庶民之雌風的描繪，以諷喻貴族及庶民之生活懸殊。故《文選》五臣注曰：

　　向曰：「《史記》云：宋玉，鄢人也，爲楚大夫。時襄王驕奢，故宋

〔註462〕《韓詩外傳・卷七・第十七章》曰：「宋玉因其友見楚襄王，襄王待之無以異，乃讓其友。友曰：『夫姜桂因地而生，不因地而辛；女因媒而嫁，不因媒而親。子之事王未耳，何怨于我？』宋玉曰：『不然。昔者、齊有狡兔，盡一日走五百里，使之瞻見指注，雖良狗猶不及狡兔之塵，若攝纓而縱紲之，則狡兔亦不能離也，今子之屬臣也，攝纓縱紲與？瞻見指注與？詩曰：『將安將樂，棄予作遺。』」見（漢）韓嬰撰，許維遹校釋：《韓詩外傳集釋》，（北京：中華書局，2005 年 11 月），259～260。

〔註463〕《新序・雜事五》「宋玉因其友以見於楚襄王，襄王待之無以異。宋玉讓其友。其友曰：『夫薑桂因地而生，不因地而辛；婦人因媒而嫁，不因媒而親。子之事王未耳，何怨於我？』宋玉曰：『昔者齊有良兔曰東郭䝖，蓋一旦而走五百里，於是齊有良狗曰韓盧，亦一日而走五百里，使之遙見而指屬，則雖韓盧不及眾兔之塵，若躡跡而縱緤，則雖東郭䝖亦不能離。今子之屬臣也，躡跡而縱緤與？遙見而指屬與？《詩》曰：『將安將樂，棄我如遺。』此之謂也。其友人曰：『僕人有過，僕人有過。』」見（漢）劉向編，石光瑛校釋，陳新整理：《新序校釋》，（北京：中華書局，2001 年 1 月），卷 5，頁 747～751。

玉作此賦以諷之」〔註464〕

（3）引文舉例

《埤雅・卷十四・釋木・椇》引〈風賦〉曰：

> 木高大，似白楊，多之而曲，飛鳥喜巢其上，賦曰：「枳句來巢」是
> 也。

按：此引自《文選・風賦》，原文爲：「宋玉對曰：『臣聞于師：枳句來巢，空穴
來風。其所托者然，則風氣殊焉。則風氣殊焉』」〔註465〕

二、兩漢

1、西漢・王褒〈洞簫賦〉

（1）撰者生平

王褒（？～？），字子淵。西漢蜀資中人。宣帝時以益州刺史王襄之薦而入
朝待詔，並擢爲諫大夫，後奉詔往益州祭金馬碧雞之寶，未至，中道病卒。《漢
書・藝文志》云「王褒賦十六篇」，今僅見〈洞簫賦〉、〈九懷〉、〈甘泉宮頌〉、〈碧
雞頌〉、〈僮約〉等，《隋書・經籍志》記《王褒集》五卷，今佚；作品多散見於
《漢魏六朝百三家名集》和《全漢文》。事蹟見《漢書・卷六十四下・傳第三十
四下・王褒傳》

（2）解題

〈洞簫賦〉爲首篇純詠物賦之作，並開六朝唯美文學之風。作品前半部寫
洞簫的生長地江南竹林美景、製簫過程及外形；後半部則寫簫聲之高低變化、
渲染力及簫聲之各種形態。劉勰讚曰「子淵〈洞簫〉，窮變於聲貌。」

（3）引文舉例

《埤雅・卷六・釋鳥・雞》引〈洞簫賦〉曰：

> 王褒曰：「鳥瞰雞睨」李善以爲「魚目不瞑，雞好邪視」此言是也。

〔註464〕見蕭統編，李善等注：《增補六臣註文選》，（臺北・華正書局，1974 年 10 月），
卷十三・〈物色・風賦〉，「宋玉」下，劉向注，見頁244。

〔註465〕見（梁）蕭統編、（唐）李善注：《文選》，（臺北・藝文印書館，2003 年 3 月），
卷十三，〈物色・風賦〉，頁195。

按：此引自〈洞簫賦〉，原文爲：「遷延徙迤，魚瞰雞睨」。李善注：皆蟲之形也。
遷延徙迤，卻退貌。魚目不瞑，雞好邪視，故取喻焉。瞰，視也。睨，邪
視也」〔註466〕

2、西漢・賈誼〈弔屈原賦〉

（1）撰者生平

賈誼（前200年～前168年），漢洛陽人，年十八，以能誦讀《詩》、《書》
聞名，後受徵任廷尉，文帝時召以爲博士，因愛其才，遷至太中大夫。因
受謗而外放任長沙王太傅，後召回，改拜爲梁懷王太傅，因梁王劉勝墜馬
而死，引咎自責之甚，歲餘病卒。《漢書・賈誼傳》稱「凡所著述五十八篇」。
事蹟見《史記・卷八十四・屈原賈生列傳》、《漢書・卷四十八・第十八賈
誼傳》。

（2）解題

〈弔屈原賦〉作於漢文帝三年（前177年）貶爲長沙王太傅時所作。賈誼
自長安往長沙，途經湘水，有感懷才不遇，自比況屈原，遂作賦而自傷，弔古，
亦傷今。〈弔屈原賦〉即曰：

> 誼爲長沙王太傅，既以謫去，意不自得；及渡湘水，爲賦以弔屈原。
> 屈原，楚賢臣也。被讒放逐，作〈離騷〉賦，其終篇曰：「已矣哉！
> 國無人兮，莫我知也。」遂自投汨羅而死。誼追傷之，因自喻〔註467〕

（3）引文舉例

《埤雅・卷七・釋鳥・鴟鴞》引〈弔屈原賦〉云：

> 賈誼所謂「鸞鳳伏竄，鴟鴞翺翔」是也

按：此引自〈弔屈原賦〉，原文爲：「恭承嘉惠兮，俟罪長沙。側聞屈原兮，自
沉汨羅。造託湘流兮，敬弔先生。遭世罔極兮，乃殞厥身。烏呼哀哉，逢

〔註466〕見（梁）蕭統編、（唐）李善注：《文選》，（臺北・藝文印書館2003年3月），卷
第十七・音樂・〈洞簫賦〉，頁251。

〔註467〕見（梁）蕭統編、（唐）李善注：《文選》，（臺北・藝文印書館2003年3月），卷
第十七・〈弔屈原賦〉，頁848。

時不祥！<u>鸞鳳伏竄兮，鴟梟翱翔</u>。」〔註468〕

3、西漢・東方朔〈七諫〉

（1）撰者生平

東方朔（前161～前100），字曼倩，漢平原厭次人。武帝初即位，徵天下賢良之士，朔上書自譽而徵爲待詔公車，尋待詔金馬門，爲常侍郎，拜太中大夫給事中。後因小遺殿上而遭劾，免爲庶人，待詔宦者署，後復爲中郎。事蹟見《史記・卷一二六・列傳第六十六・滑稽列傳》、《漢書・卷六十五・傳第三十五・東方朔傳》

（2）解題

《楚辭章句》收錄有〈七諫〉一篇，王逸以爲東方朔之作，《楚辭章句》曰：

> 〈七諫〉者，東方朔之所作也。諫者，正也，謂陳法度以諫正君也。古者，人臣三諫不從，退而待放。屈原與楚同姓，無相去之義，故加爲〈七諫〉，殷勤之意，忠厚之節也。或曰：〈七諫〉者，法天子有爭臣七人也。東方朔追憫屈原，故作此辭，以述其志，所以昭忠信，矯曲朝也。〔註469〕

〈七諫〉全文分初放、沈江、怨世、怨思、自悲、哀命、謬諫等七段：「初放」敘屈原出身低微，又遭巧佞所怨，故無以申忠信之志；「沈江」則敘屈原遭逐之痛而有沈江之念；「怨世」述世道沈濁無法達志，故寧死而不苟活；「怨思」敘賢者不見容於世，而讒邪進而朋謀之感嘆；「自悲」則悲己之際遇；「哀命」哀己之不合於時及傷楚之多憂；「謬諫」言亟欲面君以陳辭，一吐己思及時俗之弊。

（3）引文舉例

《埤雅・卷十三・釋木・橘》引〈七諫〉曰：

> 《楚辭》云：「斬伐橘柚，列樹苦桃。」此亦退賢進不肖之喻也。

按：此引自〈七諫〉，原文爲「塊兮鞠，當道宿。舉世皆然兮，余將誰告。斥逐

〔註468〕見（梁）蕭統編、（唐）李善注：《文選》，（臺北・藝文印書館2003年3月），卷第十七・〈弔屈原賦〉，頁848。

〔註469〕見黃靈庚疏證：《楚辭章句疏證》，（北京：中華書局，2007年9月），第四冊，卷12，頁2232～2234。

鴻鵠兮，近習鴟梟。斬伐橘柚兮，列樹苦桃。便娟之修竹兮，寄生乎江潭。
上葳蕤而防露兮，下泠泠而來風。」〔註470〕

4、西漢・司馬遷〈報任少卿書〉

（1）撰者生平

司馬遷（前145或前135〔註471〕～前86年），字子長，西漢左馮翊夏陽人，
早期爲郎中，年二十五奉使西征巴、蜀以南，南略邛、莋、昆明。後父談病卒，
遷克紹箕裘，任太史令。天漢二年（公元前 99），因李陵之禍而幽於縲絏，並
遭腐刑。出獄後，改任中書令，發憤撰書，歷時多年而成《史記》。初名《太史
公》、《太史公書》、《太史公記》，至晉世稱《史記》，遂定名。事蹟見《史記・
卷一三〇・太史公自序》、《漢書・卷六二・司馬遷傳》。

（2）解題

此文爲司馬遷回復因災入牢之友人任安的信，說明自己無法爲其「盡推賢
進士之義」、除牢獄之災的苦衷。並於文中說明自己忍辱苟活之因，及論述編《史
記》之動機與目的，文載於《漢書・司馬遷傳》。

（3）引文舉例

《埤雅・卷六・釋鳥・鴈》引〈報任少卿書〉曰：

　傳曰：輕於鴻毛。

按：此引自〈報任少卿書〉，作「或重於泰山，或輕於鴻毛，用之所趨異也。」

〔註472〕

〔註470〕見（清）嚴可均校輯：《全上古三代秦漢三國六朝文・全漢文》，（北京：中華書局，
　　　　1999 年 6 月），第一冊，卷二十五，頁 262。

〔註471〕司馬遷之生年有二說：(1)《史記・太史公自序》：「卒三歲而遷爲太史令」，（唐）
　　　　司馬貞《索隱》注曰「《博物志》：『太史令，茂陵顯武裏大夫司馬，年二十八，三
　　　　年六月乙卯除六百石也。』」三年指元封三年，故可據此推斷司馬遷生於建元六年
　　　　（前135）。(2)《史記・太史公自序》：「五年而當太初元年」，張守節《正義》注
　　　　曰：「案遷年四十二歲。」按太初元年（前104）遷年四十二歲推斷司馬遷生於漢
　　　　景帝中元五年（西元前145）。

〔註472〕收錄於（梁）蕭統編、（唐）李善注：《文選》，（臺北・藝文印書館 2003 年 3 月），
　　　　卷 41，頁 590。

5、西漢・枚乘・〈柳賦〉

（1）撰者生平

枚乘（？～前 140）字叔，西漢淮陰人。曾任吳王劉濞郎中，後離吳之梁，與梁孝王劉武游。景帝時召拜爲弘農都尉，後以病爲由去官。復游梁。梁孝王卒後，返歸故里淮陰。武帝即位，慕乘之名，以「安車蒲輪」徵之，未至，中道而卒。枚乘善辭賦，《漢書・藝文志》云「枚乘賦九篇」。現存〈七發〉、〈柳賦〉、〈菟園賦〉三篇，然僅〈七發〉爲枚乘可信之作，後兩篇疑爲託名僞作。事蹟見《漢書・卷五十一・傳第二十一・枚乘傳》

（2）解題

〈柳賦〉即〈忘憂館柳賦〉，見於《西京雜記》卷四及《古文苑》卷三。此爲文人與梁孝王於菟園雅集時所作，故《西京雜記》云：

> 梁孝王遊於忘憂之館。集諸遊士各使爲賦。枚乘爲〈柳賦〉〔註 473〕

文中描寫柳樹之美、蟲鳥之鳴及君臣宴游等事。

（3）引文舉例

《埤雅・卷十一・釋蟲・螗》引〈柳賦〉曰：

> 鄒陽〈柳賦〉以爲「蜩螗厲響，蜘蛛吐絲。」言天下謹譁沸騰，不安如此，此〈序〉所謂「無綱紀文章者」也。

按：「蜩螗厲響，蜘蛛吐絲。」之語乃見於枚乘〈忘憂館柳賦〉，故此《埤雅》作「鄒陽〈柳賦〉」，當誤，應作「枚乘〈柳賦〉」。

6、西漢・司馬相如〈上林賦〉

（1）撰者生平

司馬相如（？～前 117 年），字長卿，漢蜀郡成都人。少好讀書，學擊劍，故其親名之曰犬子。後因慕藺相如之爲人，故更名相如。曾事景帝，任武騎常侍，後稱病免官而至梁，與鄒陽、枚乘、莊忌等人游，並著〈子虛賦〉。後武帝讀〈子虛賦〉而大悅，故召相如拜爲郎。後又拜中郎將，奉使西南作〈喻巴蜀檄〉、〈難蜀父老〉等文。後轉遷孝文園令，相如以病免，家居茂陵。相如以賦

〔註 473〕見（漢）劉歆撰、（晉）葛洪輯：《西京雜記》，收錄於（清）永瑢、紀昀纂修：《景印文淵閣四庫全書》，（臺北：臺灣商務印書館，1986 年 3 月），第 1035 冊，卷四。

作見長，《漢書・藝文志》錄「司馬相如賦二十九篇」，今多亡佚，現存〈子虛賦〉、〈上林賦〉、〈大人賦〉、〈長門賦〉、〈美人賦〉、〈哀秦二世賦〉六篇。《隋書・經籍志》錄有《司馬相如集》一卷，已佚。事蹟見《史記・卷一百一十七・司馬相如列傳第五十七》、《漢書・卷五十七上・列傳第二十七・司馬相如傳》

（2）解題

〈上林賦〉爲漢散文賦代表，文中藉子虛說楚王游獵雲夢之事、烏有先生誇齊國物產之豐、亡是公論上林苑的之麗及天子田獵之事，以誇漢之盛世及苑囿之壯麗，文末則歸之於節儉，藉以風諫。此賦與〈子虛賦〉存於《史記》及《漢書》本傳中本爲一篇；《文選》則將子虛及烏有先生二段題爲〈子虛賦〉，亡是公一段題爲〈上林賦〉。

（3）引文舉例

《埤雅・卷六・釋鳥・鵁鶄》引〈上林賦〉云：

　舊云此鳥長目，其睛交，故有鵁鶄之號，相如所賦「交睛旋目」〔註
　474〕者是也。

7、西漢・揚雄〈解嘲〉、〈羽獵賦〉

（1）撰者生平

揚雄（前53～18），字子雲，漢蜀郡成都人。揚雄年少好學，博覽群書而不賅，成帝時封黃門郎，王莽篡漢，任爲中散大夫，曾於天祿閣校書。著有《太玄》、《法言》、《訓纂》、《州箴》等書。事具見《漢書・卷八十七・傳第五十七・揚雄傳》。

（2）解題

〈解嘲〉乃揚雄表現對權臣擅權之不滿、及以「玄」爲根源釋物，不爲時人所見容之憤慨，文中並展現澹泊名利，專心著作《太玄》之心志。〈解嘲・并序〉云：

　哀帝時，丁傅董賢用事，諸附離之者或起家至二千石。時雄方草創
　《太玄》，有以自守，泊如也。人有嘲雄以玄之尚白，雄解之，號曰

〔註474〕《史記・司馬相如傳》作：「鵁鶄鸁目」；《漢書・司馬相如傳》、《文選・卷八・上林賦》則作「交精旋目」。

解嘲〔註475〕。

〈羽獵賦〉則作於元延二年（前 11 年）十二月，爲諷諫成帝畋獵應有所節制而作，其序曰：

> 孝成帝時羽獵，雄從……然至羽獵，田車戎馬，器械儲偫，禁禦所營，尚泰奢，麗誇詡，非堯、舜、成湯、文王三驅之意也。又恐後世復修前好，不折中以泉臺。故聊因校獵，賦以風〔註476〕。

（3）引文舉例

《埤雅・卷七・釋鳥・鴛鴦》引〈解嘲〉云：

> 揚雄曰：「江湖之崖，渤澥之島，乘雁集不爲之多，雙鳧飛不爲之少。」

〔註477〕亦言雙鳧、乘鴈未足以爲增損也。

《埤雅・卷十八・釋草・蕙》引〈羽獵賦〉云：

> 今蕙亦通蕙，揚雄曰：「蹂蕙圃，踐蘭唐。」是也

按：此引自〈羽獵賦〉，原文爲「望平樂，徑竹林，蹂蕙圃，踐蘭唐。舉燧烈火，嚮者施技，方馳千駟，狡騎萬帥。虖虎之陳，從橫膠輵。猋泣雷厲，駓駓駍磕。洶洶旭旭，天動地岋。羨漫半散，蕭條數千萬里外。」〔註478〕

8、東漢・班固〈東都賦〉

（1）撰者生平

班固（32～92），字孟堅，漢扶風安陵人。少曾入洛陽太學，博貫群書，無不窮究。明帝時召爲蘭台令史，轉遷爲郎、典校秘書。章帝時，任玄武司馬。和帝永元元年（89），從竇憲出征匈奴，任中護軍，行中郎將事，後因受

〔註475〕見《文選・解嘲・幷序》，收錄於（梁）蕭統編、（唐）李善注：《文選》，（臺北・藝文印書館 2003 年 3 月），卷 45，頁 641。

〔註476〕見《文選・羽獵賦・幷序》收錄於（梁）蕭統編、（唐）李善注：《文選》，（臺北・藝文印書館 2003 年 3 月），卷 8，頁 133。

〔註477〕見《文選・解嘲》，頁 642。收錄於（梁）蕭統編、（唐）李善注：《文選》，（臺北・藝文印書館 2003 年 3 月），卷 45，頁 641。

〔註478〕見（梁）蕭統編、（唐）李善注：《文選》，（臺北・藝文印書館 2003 年 3 月），卷 8，頁 135。

竇憲之累而獲罪入獄，遂卒於獄中。班固曾繼父之業著《漢書》，然未成而卒，妹班昭及同郡馬續繼補而成書，包括紀十二、表八、志十、傳七十，共一百篇，後人則析爲一百二十卷。事蹟見《後漢書・卷四十・列傳第三十・班彪列傳》。

（2）解題

班固爲漢著名辭賦家，其代表作當屬〈兩都賦〉，分〈西都賦〉、〈東都賦〉兩篇，爲擬〈上林〉之作，〈西都賦〉借西都賓叙長安形勢險要、物產富饒、宮殿華麗之狀；〈東都賦〉則由東都主人之語歌頌東漢都洛陽之昌盛，故其序文曰：

> 固感前世相如、壽王、樂方之徒，造構文辭，終以諷勸，乃上《兩都賦》，盛稱洛邑制度之美，以折西賓淫侈之論。

（3）引文舉例

《埤雅・卷八・釋鳥・鸒》引〈東都賦〉云：

> 〈東都賦〉曰：「鶺鴒秋棲，鶻鳩春鳴。」

9、東漢・馮衍〈與婦弟任武達書〉

（1）撰者生平

馮衍（？～？）字敬通，京兆杜陵人。衍幼有奇才，年九歲，能誦詩，至二十而博通羣書。王莽時，時人多薦舉之，辭不肯仕。曾投更始帝；後光武帝立，事之，出爲曲陽縣令，轉遷爲司隸從事，後因結交外戚而獲罪，免官歸故郡，閉門著作以自保。明帝即位，曾上疏自陳，仍不受任用。《隋書・經籍志》載有《馮衍集》五卷，已佚。事蹟見《後漢書・卷二十八・列傳第十八・馮衍傳》。

（2）解題

據《後漢書・馮衍傳》言，馮衍因妻之凶悍，故作逐婦之舉，作〈與婦弟任武達書〉說明休妻之意，傳曰：

> 衍娶北地任氏女爲妻，悍忌，不得畜媵妾，兒女常自操井臼，老竟

逐之，遂坮壞於時。〔註479〕

（3）引文舉例

《埤雅‧卷七‧釋鳥‧鳲鳩》引〈與婦弟任武達書〉云：

馮衍〈逐婦書〉曰「口如布穀」言其多聲。〔註480〕

按：〈逐婦書〉即〈與婦弟任武達書〉。

10、東漢‧張衡〈歸田賦〉、〈西京賦〉

（1）撰者生平

〔註479〕見（南朝宋）范曄撰，（唐）章懷太子賢注，（梁）劉昭補志，（清）王先謙集解：
《後漢書集解》，（臺北：藝文印書館，1996 年 8 月初版四刷，《二十五史》景印
清乾隆武英殿刊本），卷二十八下‧列傳第十八〈桓譚馮衍列傳‧馮衍傳〉，頁365。

〔註480〕《全後漢文‧與婦弟任武達書》：「天地之性。人有喜怒。夫婦之道。義有離合。
先聖之禮。士有妻妾。雖宗之眇微。尚欲踰制。年衰歲暮。恨入黃泉。遭遇嫉姊。
家道崩壞。五子之母。足尚在門。五年已來。日甚歲劇。以白爲黑。以非爲是。
造作端末。妄生首尾。無罪無辜。讒口嗷嗷。亂匪降天。生自婦人。青蠅之心。
不重破國。嫉妒之情。不憚喪身。牝雞之晨。雄家之索。古之大患。今始于衍。
醉飽過差。輒爲桀紂。房中調戲。布散海外。張目抵掌。以有爲無。痛徹蒼天。
毒流五臟。愁令人不賴生。忿令人不顧禍。入門著床。繼嗣不育。紡績織紝。子
無女工。家貧無僮。賤爲匹夫。故舊見之。莫不悽愴。曾無憫惜之恩。唯一婢。
武達所見。頭無釵澤。面無脂粉。形骸不蔽。手足抱土。不原其窮。不揆其情。
跳梁大叫。呼若入冥。販糖之妾。不忍其態。計婦當去久矣。念兒曹小。家無它
使。哀憐姜豹。常爲奴婢。惻惻焦心。事事府膓。籍籍。不可聽聞。暴虐此婢。
不死如髮。半年之閒。膿血橫流。婢病之後。姜竟舂炊。豹又觸冒泥塗。心爲愴
然。縑穀放散。冬衣不補。端坐化亂。一縷不貫。既無婦道。又無母儀。忿見侵
犯。恨見狼籍。依倚鄭令。如居天上。持質相劫。詞語百車。劍戟在門。何暇有
讓。百弩環舍。何可彊復。舉宗達人解說。詞如循環。<u>口如布穀</u>。縣幡竟天。擊
鼓動地。心不爲惡。身不爲搖。宜詳居錯。且自爲計。無以上書告訴相恐。狗吠
不驚。自信其情。不去此婦。則家不寧。不去此婦。則家不表。不去此婦。則福
不生。不去此婦。則事不成。自恨以華盛時。不早自定。至于垂白家貧。身賤之
日。養癰長疽。自生禍殃。衍以室家紛然之故。捐棄衣冠。側身山野。絕交游之
路。杜仕宦之門。闔門不出。心專耕耘。以求衣食。何敢有功名之路哉。」收錄
於（清）嚴可均校輯：《全上古三代秦漢三國六朝文‧全後漢文》，（北京：中華書
局，1999 年 6 月），卷二十，頁582。

張衡（78～139），字平子，東漢南陽西鄂人也，少善屬文。永元中舉孝廉，不就。世逢承平日久，王侯士族則皆好豪侈，服玉食，窮滋極珍。衡擬班固〈兩都賦〉作〈二京賦〉，因以諷諫，十年乃成。安帝聞衡善術學，徵拜郎中，再遷太史令。永和初，出爲河間相，視事三年，徵拜尙書，卒於官。張衡除善賦作外，亦專於天文、陰陽、曆算，故制有渾天儀。事蹟見《後漢書・列傳第四九・張衡傳》。

（2）解題

張衡作〈歸田賦〉之動機，據李善注所云，乃「張衡仕不得志，欲歸於田，因作此賦」﹝註481﹞，文中首言有志難伸而萌隱世之念，次則說明田園風光、閑居以弋釣爲事及誦書揮翰之樂等足以忘憂。

（3）引文舉例

《埤雅・卷一・釋魚・鯊》引〈歸田賦〉曰：

張衡曰：「懸淵沉之鯊鰡」。

按：此引自〈歸田賦〉，原文爲「爾乃龍吟方澤，虎嘯山丘。仰飛纖繳，俯釣長流。觸矢而斃，貪餌吞鉤。落云間之逸禽，懸淵沉之鯊鰡」﹝註482﹞

《埤雅・卷五・釋獸・豕》引〈西京賦〉曰

賦曰：「置牙擺牲」。

按：此引自於〈西京賦〉，原文作「於是鳥獸殫，目觀窮。遷延邪睨，集乎長楊之宮。息行夫，展車馬。收禽舉胔，數課眾寡。置互擺牲，頒賜獲鹵。割鮮野饗，犒勤賞功。五軍六師，千列百重。酒車酌醴，方駕授饗。升觴舉燧，既釂鳴鐘。膳夫馳騎，察貳廉空。」﹝註483﹞而〈西京賦〉作「置互」，《埤雅》則作「置牙」，「牙」應「互」之誤。

﹝註481﹞見（梁）蕭統編、（唐）李善注：《文選》，（臺北・藝文印書館 2003 年 3 月），卷十五，頁 227。

﹝註482﹞見（梁）蕭統編、（唐）李善注：《文選》，（臺北・藝文印書館 2003 年 3 月），卷十五，頁 227。

﹝註483﹞見（梁）蕭統編、（唐）李善注：《文選》，（臺北・藝文印書館 2003 年 3 月），卷二，頁 47。

11、東漢・馬融〈長笛賦〉

（1）撰者生平

馬融（79～166），字季長，東漢扶風茂陵人。博通經籍，安帝永初四年（110），拜爲校書郎中，後歷郎中、議郎、武都太守以及南郡太守等職，桓帝時爲祕書郎，詣東觀典校書達十年，後以病辭，歸鄉設帳授徒，因才高博洽，故授生徒達千人，盧植、鄭玄等皆其門徒。後並卒於家。事蹟見《後漢書・卷六十上・列傳第五十上・馬融傳》。

（2）解題

馬融作〈長笛賦〉之源由，於〈序〉中曾自言：

> 追慕王子淵、枚乘、劉伯康、傅武仲等〈簫〉〈琴〉〈笙〉頌，唯笛
> 獨無，……。故聊複備數，作〈長笛賦〉。〔註484〕

而此賦乃仿王褒〈洞簫賦〉而作，敘笛之產生、演奏之狀、笛聲感人動物之特色以及製笛之用意。

（3）引文舉例

《埤雅・卷十一・釋蟲・鼠》引〈長笛賦〉云：

> 馬融曰：「獲蟄晝吟，鼮鼠夜叫」。

按：此引自〈長笛賦・并序〉，原文爲「是以間介無蹊，人跡罕到。<u>猿蟄晝吟，鼮鼠夜叫</u>。寒熊振頷，特纛昏髟」〔註485〕

三、魏晉南北朝

1、東漢末・王粲〈游海賦〉

（1）撰者生平

王粲（177～217），字仲宣，東漢山陽高平人。少時因博學多識，善屬文之異才爲蔡邕所重。後避難荊州，依劉表十六年，然因貌寢體弱而不受重。建安

〔註484〕馬融：《文選・賦壬・音樂下・長笛賦・并序》，見（梁）蕭統編、（唐）李善注：《文選》，（臺北・藝文印書館2003年3月），卷十八，頁255。

〔註485〕見（梁）蕭統編、（唐）李善注：《文選》，（臺北・藝文印書館2003年3月），卷十八，頁256。

十三年（208）劉表卒而歸附曹操，歷任丞相椽、關內侯、軍謀祭酒。建安十八年（213），魏國既建，拜侍中。後隨曹操征吳，中道病卒。事蹟見《三國志‧卷二一‧魏書二一‧王衛二劉傳第二一》。

（2）解題

〈游海賦〉今未見全文，殘篇見錄於《北堂書鈔》卷一百三十七、《藝文類聚》卷八、《初學記》卷六等。文中描繪乘舟沿江而下至會稽，登山覽滄海之體勢，而見大海「其深不可測」、「總眾流而臣下，為百谷之君王」之浩瀚廣大、「洪濤奮蕩蕩，大浪踊躍」之震撼及「懷珍藏寶」奇特之處。

（3）引文舉例

《埤雅‧卷三‧釋獸‧犀》引〈游海賦〉曰：

王粲〈游海賦〉曰：「群犀代角，巨象解齒」〔註486〕是也。

2、東漢末，劉楨〈魯都賦〉

（1）撰者生平

劉楨（？～217），字公幹，東漢山陽東平人。與孔融、陳琳、王粲、徐幹、阮瑀、應瑒等七人世稱建安七子，以詩見長，建安中司空曹操以為軍謀祭酒椽。建安間，曾任丞相椽吏，歷平原侯庶子五官將文學。有《毛詩義問》十卷，集四卷。事蹟見《三國志‧魏志‧卷二一‧王粲傳》

（2）解題

〔註486〕《全後漢文‧游海賦》：「含精純之至道兮。將輕舉而高屬。游余心以廣觀兮。且信佯乎四裔。乘蘭桂之方舟。浮大江而遙逝。翼驚風以長驅。集會稽而一憩。登陰隅以東望兮。覽滄海之體勢。吐星出日。天與水際。其深不測。其廣無臬。尋之冥地。不見涯浅。章亥所不極。盧敖所不屆。洪洪洋洋。誠不可度也。處嵎夷之正位兮。同色號于穹蒼。苞吐納之弘量。正宗廟之紀綱。總眾流而臣下。為百谷之君王。洪濤奮蕩蕩。大浪踊躍。山隆谷㴥。宛亶相博。懷珍藏寶。神隱怪匿。或無氣而能行。或含血而不食。或有葉而無根。或能飛而無翼。鳥則爰居孔鵠。翡翠鸏。繽紛往來。沈浮翱翔。魚則橫尾曲頭。方目偃額。大者若丘陵。小者重鈞石。乃有蜦蛟大貝。明月夜光。蟻蠬玳瑁。金質黑章。若夫長漩別鳥。旗布星峙。高或萬尋。近或千里。桂蘭聚乎其上。珊瑚周乎其趾。<u>群犀代角。巨象解齒</u>。黃金碧玉。名不可紀」》收錄於（清）嚴可均校輯：《全上古三代秦漢三國六朝文‧全後漢文》，（北京：中華書局，1999年6月），卷九十，頁958。

〈魯都賦〉今未見全文，僅《全上古三代秦漢三國六朝文・全後漢文》卷六十五由《藝文類聚》、《初學記》、《書鈔》等所引輯佚而得見殘文。此乃至魯地訪古尋幽之作，〈魯都賦〉即言：

> 訪魯都之區域，弔先生之遺貞，遂志賦〔註487〕。

（3）引文舉例

《埤雅・卷八・釋鳥・鶖》引〈魯都賦〉云：

> 劉楨〈魯都賦〉曰：「綠鷉蔥鶖」，鶖色，蓋青也。〔註488〕

3、東漢末・陳琳〈武軍賦〉

（1）撰者生平

陳琳（？～217年），字孔璋，東漢廣陵人。初任何進府主簿，後避亂冀州，依袁紹。紹敗，歸於曹操，司空曹操以爲軍謀祭酒，管記室，徙門下督，卒於建安二十二年（217）。〔註489〕原有集十卷，已佚。事蹟附見於《三國志・卷二

〔註487〕見（清）嚴可均校輯：《全上古三代秦漢三國六朝文・全後漢文》，（北京：中華書局，1999年6月），卷六十五，頁829。

〔註488〕劉楨〈魯都賦〉曰：「綠鷉蔥鶖。」收錄於（清）嚴可均校輯：《全上古三代秦漢三國六朝文・全後漢文》，（北京：中華書局，1999年6月），卷六十五，頁828。

〔註489〕見（晉）陳壽撰，（宋）裴松之注，（宋）盧弼集解：《三國志集解・卷二十一・魏書二十一・王粲傳》：「琳前爲何進主簿。進欲誅諸宦官，太后不聽，進乃召四方猛將，並使引兵向京城，欲以劫恐太后。琳諫進曰：『易稱『即鹿無虞』。諺有『掩目捕雀』。夫微物尚不可欺以得志，況國之大事，其可以詐立乎？今將軍總皇威，握兵要，龍驤虎步，高下在心；以此行事，無異於鼓洪爐以燎毛髮。但當速發雷霆，行權立斷，違經合道，天人順之；而反釋其利器，更徵於他。大兵合聚，彊者爲雄，所謂倒持干戈，授人以柄；必不成功，祇爲亂階。』進不納其言，竟以取禍。琳避難冀州，袁紹使典文章。袁氏敗，琳歸太祖。太祖謂曰：「卿昔爲本初移書，但可罪狀孤而已，惡惡止其身，何乃上及父祖邪？」琳謝罪，太祖愛其才而不咎。瑀少受學於蔡邕。建安中都護曹洪欲使掌書記，瑀終不爲屈。太祖並以琳、瑀爲司空軍謀祭酒，管記室。軍國書檄，多琳、瑀所作也。琳徙門下督，瑀爲倉曹掾屬。瑒、楨各被太祖辟，爲丞相掾屬。瑒轉爲平原侯庶子，後爲五官將文學。咸著文賦數十篇。瑀以（建安）十七年卒。幹、琳、瑒、楨（建安）二十二年卒。」見（晉）陳壽撰，（宋）裴松之注，（宋）盧弼集解：《三國志集解》，（臺北：藝文印書館，1996年8月初版四刷，《二十五史》景印清乾隆武英殿刊本），

十一・魏書二十一・王粲傳》

（2）解題

此賦主要歌頌袁紹克滅公孫瓚之功業，據〈武軍賦・并序〉云：

迴天軍于易水之陽。以討瓚焉。鴻溝參周。鹿簎十里。薦之以棘。

爲建脩。干青霄。窺深隧。下三泉。飛雲梯衝神鉤之具。不在孫吳

之篇《三略》、《六韜》之術者。凡數十事。祕莫得聞也。乃作武軍

賦曰。

（3）引文舉例

《埤雅・卷六・釋鳥・鴈》引〈武軍賦〉

陳琳曰：「陸陷藥犀，水截輕鴻。」〔註490〕

4、東漢末曹植〈鷂賦〉、〈鶺雀賦〉、〈籍田賦〉

（1）撰者生平

曹植（192～232），字子建。東漢沛國譙縣人，曹操之子，善屬文。建安十六年，封平原侯，後晉封臨菑侯。及曹丕即帝位，以醉酒悖慢之故而貶爵安鄉侯、後改封鄄城王、雍丘王等，明帝曹叡太和六年（232），封植爲陳王，然植盼用於世而不可得，且十一年中而三徙都之故，遂鬱悶而終，時年四十一。諡號「思」，後世多以「陳思王」、「陳王」稱之。事蹟見《三國志・卷十九・魏書十九・陳思王植傳》〔註491〕

（2）解題

此賦爲曹植早年安居鄄城之作，作〈鷂賦〉之意，據〈鷂賦・并序〉云：

鷂之爲禽猛氣，其鬥終無勝負，期於必死，遂賦之焉。〔註492〕

頁534～535。

〔註490〕見（清）嚴可均校輯：《全上古三代秦漢三國六朝文・全後漢文》，（北京：中華書局，1999年6月），卷九十二，頁967。

〔註491〕見（晉）陳壽撰，（宋）裴松之注，（宋）盧弼集解：《三國志集解・魏書》，（臺北：藝文印書館，1996年8月初版四刷，《二十五史》景印清乾隆武英殿刊本），卷十九・〈陳思王植傳〉，中華書局出版，1995年。

〔註492〕見（清）嚴可均校輯：《全上古三代秦漢三國六朝文・全三國文》，（北京：中華書

文中除對其生活特性加以敘述外，亦描繪鶡鳥好鬥，雖死不避之剛猛特性，故以此勉勵將士應效此鳥之爲國精神建功立業。

（3）引文舉例

《埤雅‧卷七‧釋鳥‧鶡》引〈鶡賦〉曰：

> 鶡，似雉而大，黃黑色，故名曰「褐」，而〈鶡賦〉云「揚玄黃之勁羽。」〔註493〕

《埤雅‧卷九‧釋鳥‧雀》引〈鷂雀賦〉曰：

> 〈雀賦〉曰：「頭如顆蒜，目如擘椒。」

按：〈雀賦〉即〈鷂雀賦〉，《埤雅》闕「鷂」字，且文多刪節。其原文爲「鷂欲取雀，……鷂得雀言，意甚怛惋。『當死弊雀，<u>頭如顆蒜</u>。不早首服，烈頸大喚。』行人聞之，莫不往觀。雀得鷂言，意甚不移。依一棗樹，叢蕀多刺。<u>目如擘椒</u>，跳蕭二翅」〔註494〕

《埤雅‧卷十一‧釋蟲‧蠐螬》引〈籍田論〉曰：

> 曹植〈籍田論〉曰：「昔三苗、共工、驩兜，非堯之蝎歟？齊之諸田，晉之六卿、魯之三桓，非諸侯之蝎歟。」〔註495〕

按：此文有所刪節，其原文爲「『春耕于籍田……封人有能以輕鑿脩鉤，去樹之蝎者，樹得以繁茂。中舍人曰：『不識治天下者亦有蝎乎？』寡人告人曰：<u>『昔三苗、共工、鯀、驩兜，非堯之蝎與？</u>』問曰：『諸侯之國，亦有蝎乎？』

局，1999年6月），卷十四，頁1129。

〔註493〕《曹子建集‧卷三‧鶡賦》：「美遐圻之偉鳥，生太行之巖阻。體貞剛之烈性，亮乾德之所輔。戴毛角之雙立，<u>揚玄黃之勁羽</u>。甘沉隕而重辱，有節士之儀矩。降居檀澤，高處保岑。遊不同嶺，棲必異林。若有翻雄駭遊，孤雌驚翔。則長鳴挑敵，鼓翼專場。踰高越壑，雙戟隻僵。階侍斯珥，俯耀文墀。成武官之首飾，增庭燎之光輝。」見（清）嚴可均校輯：《全上古三代秦漢三國六朝文‧全三國文》，（北京：中華書局，1999年6月），卷十四，頁1129。

〔註494〕見（清）嚴可均校輯：《全上古三代秦漢三國六朝文‧全三國文》，（北京：中華書局，1999年6月），卷十四，頁1130。

〔註495〕見（清）嚴可均校輯：《全上古三代秦漢三國六朝文‧全三國文》，（北京：中華書局，1999年6月），卷十八，頁1149～1150。

寡人告之曰：『齊之諸田、晉之六卿、魯之三桓，非諸侯之蝎與？』」。另〈籍田論〉作「昔三苗、共工、鯀、驩兜」，《埤雅》闕「鯀」字。

5、三國・魏・嵇康〈養生論〉

（1）撰者生平

嵇康，（223～262年），字叔夜，三國時曹魏譙國銍人，少學不就師，然經藝群書博覽而無不博通，長則好老、莊之學，善談理，又能屬文。曾拜中散大夫，人稱「嵇中散」，因不理司馬昭，並得罪於鐘會等權貴，故招忌受誣而遭害，終誅於東市。《隋書・經籍志》載「魏中散大夫《嵇康集》十三卷。」〔註496〕事蹟見《晉書・卷四十九・列傳第十九・嵇康傳》

（2）解題

〈養生論〉乃嵇康論養生之法的著作，《昭明文選》卷五十三〈養生論〉李善注便言：

> 嵇喜爲嵇康傳曰：「康性好服食，常采御上藥，以爲神仙稟之自然，
>
> 非積學所致。至於導養得理，以盡性命，若安期彭祖之倫，可以善
>
> 求而得也。著〈養生論〉。」〔註497〕

文中闡明養生之法在於「清虛靜泰，少私寡欲」，輔以「呼吸吐納，服食養身」，方得養生之道。

（3）引文舉例

《埤雅・卷三・釋獸・麝》引〈養生論〉曰：

> 〈養生論〉云：「蝨處頭而黑，麝食柏而香。」

6、三國・魏・何晏〈景福殿賦〉

（1）撰者生平

〔註496〕《嵇康集》有十五卷及十卷二說：（1）主十五卷者，如：《舊唐書・經籍志》、《新唐書・藝文志》、《通志・藝文略》及《國史・經籍志》：皆載「《嵇康集》十五卷。」（2）主十卷者，如：《宋史・藝文志》、《崇文總目》、《郡齋讀書志》、《直齋書錄解題》及《文獻通考・經籍考》則錄「《嵇康集》十卷。」

〔註497〕見於（梁）蕭統編、（唐）李善注：《文選》，（臺北・藝文印書館2003年3月），卷五十三，頁741。

何晏（？～249），字平叔，三國魏南陽宛（今河南南陽）人，少以才秀知名，好老莊，初無所事任，至正始初，曹爽輔政，晏黨附之，因而累官侍中、吏部尚書，後爲司馬懿所弒。曾著《論語集解》、《道德論》、《無名論》、《無爲論》等。事蹟附見《三國志・魏書九・傳第九・曹爽傳》

（2）解題

何晏賦作今僅存《景福殿賦》一篇，是篇爲魏明帝曹叡於許昌建景福殿，殿成，帝命人作記，何晏乃受命而作此賦。賦分三部分：首敘興建緣起，次述宮殿之體勢、規模、裝飾等，末則頌明帝之德，言其「招忠正之士，開公直之路。」、「除無用之官，省生事之故。」故達四海昇平之盛世。

（3）引文舉例

《埤雅・卷十三・釋木・楓》引〈景福殿賦〉曰：

> 古者王禁披以楓槐，外朝之位樹九棘焉，賦曰：「蘭若充庭，槐楓被宸」此之謂也。

按：此引自〈景福殿賦〉，而「蘭若充庭」，〈景福殿賦〉作「「芸若充庭」原文爲：「<u>芸若充庭，槐楓被宸。綴以萬年，綷以紫榛。</u>」〔註498〕

7、西晉・張華〈鷦鷯賦〉

（1）撰者生平

張華（232～300），字茂先。西晉范陽方城人。少貧而好學，曾因孤貧而以牧羊爲業。魏末，以〈鷦鷯賦〉自寄而聞於世，爲郡守鮮于嗣薦爲太常博士、遷著作郎、長史兼中書郎等職。入晉，拜黃門侍郎，封關內侯，數歲，拜中書令，後加散騎常侍。武帝時，因力主伐吳有功，進封爲廣武縣侯。惠帝時拜右光祿大夫、侍中、中書監、司空等職，後爲司馬倫所害而遭誅。《隋書・經籍志》載《張華集》十卷，今佚。事蹟見《晉書・列傳第六・張華傳》

（2）解題

《晉書・張華傳》曰：

〔註498〕見（梁）蕭統編、（唐）李善注：《文選》，（臺北・藝文印書館，2003 年 3 月），卷十一，〈賦己・宮殿・景福殿賦〉，頁 178。

（張華）少自修謹，造次必以禮度。勇於赴義，篤于周急。器識弘曠，時人罕能測之。初未知名，著〈鷦鷯賦〉以自寄。

文中首章爲賦序，次則描繪鷦鷯之形體習性，讚鷦鷯有「不懷寶以賈害，不飾表以朝累」之智與其他禽鳥有異，末則以鷦鷯與大鵬、鶢鶋對比方式，說明「安知大小之所如」。此文乃借物託志之作，借鷦鷯以自喻，說明己如鷦鷯，故能避禍自保於亂世。

（3）引文舉例

《埤雅・卷九・釋鳥・鸚鵡》引〈鷦鷯賦〉曰：

〈鷦鷯賦〉所謂「蒼鷹鷙而受緤，鸚鵡慧而入籠」者也。

8、西晉・潘岳〈西征賦〉、〈射雉賦〉

（1）撰者生平

潘岳（247年～300年），字安仁，西晉滎陽中牟（今河南）人。少以才穎見稱鄉里，人稱「奇童」。歷任司空掾、太尉掾、河陽縣令、懷縣令、太傅府主薄、著作郎、給事黃門侍郎等職。永康元年，因中書令孫秀誣潘岳等人奉淮南王允、齊王冏爲亂之故，而遭誅於市。善寫哀誄之文，《隋書・經籍志》載「晉黃門郎《潘岳集》十卷」，今已佚〔註499〕。事蹟見《晉書・卷五十五・潘岳傳》

（2）解題

〈西征賦〉作於惠帝元康二年（292），潘岳時任長安縣令，惠帝元康元年（291）太傅楊駿遭誅，因潘岳依附楊駿亦受牽累，幸得有人之助而免於難，而外放爲長安令，故文中首敘歷劫重生之感，次則敘沿途所見所聞之故都遺跡，所引發思古之幽情，故晉・臧榮緒云：

岳爲長安令，作〈西征賦〉，述行曆，論所經人物、山水也。……晉惠元康二年，岳爲長安令，因行役之感而作此賦。岳家在鞏縣東，故言西征。〔註500〕

〔註499〕見（唐）魏徵撰：《隋書》，（臺北：藝文印書館，1996年8月初版四刷，《二十五史》景印清乾隆武英殿刊本），卷三十五・志第三十・經籍四，頁523。

〔註500〕見（梁）蕭統編、（唐）李善注：《文選》，（臺北・藝文印書館2003年3月），卷十〈紀行下・西征賦〉注，頁150。

〈射雉賦〉則作於武帝太始二年（266），時潘勗任琅邪內使，潘岳隨父徙家琅邪，於講肄之餘暇，習媒翳之事而作〔註501〕，文中描繪野雉的各種形態及狩獵者心情描寫，終則勸誡君子不可耽樂田獵。

（3）引文舉例

《埤雅・卷一・釋魚・鰈》引〈西征賦〉曰：

〈西征賦〉曰：「華魴躍鱗，素鰈揚鬐。」

《埤雅・卷六・釋鳥・雉》引〈射雉賦〉曰：

一界之內，要以一雄為主，餘者雖眾，莫敢鳴鴝也。潘岳所謂「畫墳衍而分畿」者也。〔註502〕

按：此文引李善注〈射雉賦〉之語。〈射雉賦〉：「巡丘陵以經略分，畫墳衍而分畿。」李善注：「巡，行也。言周行丘陵，因其墳衍以為疆界，分而護之不相侵越也。青、幽之間，土高且。大者，通之曰墳，雉<u>一界之內，要以一雄為主，餘者雖眾，莫敢鳴鴝也</u>。此以上言雉之形性也。」〔註503〕

9、西晉・張協〈七命〉

（1）撰者生平

張協（？～？）字景陽，西晉安平武邑人，少有雋才，與兄張載、弟張亢，時稱「三張」。曾歷公府掾、秘書郎、華陽令等職。永寧元年（301）任征北將軍司馬穎從事中郎，遷中書侍郎，轉河間內史。惠帝末年，因天下動盪之故，遂棄官歸隱，永嘉初年，徵為黃門侍郎，託病辭。終於家。事蹟見《晉書・卷五十五・列傳第二十五・張載傳》

〔註501〕《文選》卷九〈賦戊・畋獵下・射雉賦〉注云：「善曰：『〈射雉賦〉序曰：『余徙家于琅邪，其俗實善射，聊以講肄之餘暇，而習媒翳之事，遂樂而賦之也』』」見（梁）蕭統編、（唐）李善注：《文選》，（臺北・藝文印書館 2003 年 3 月），卷九，頁 142。

〔註502〕見潘岳：〈射雉賦〉：「巡丘陵以經略分，<u>畫墳衍而分畿</u>。於時青陽告謝，朱明肇授。靡木不滋，無草不茂。初莖蔚其曜新，陳柯槭以改舊。」收錄於（梁）蕭統編、（唐）李善注：《文選》，（臺北・藝文印書館 2003 年 3 月），卷九，頁 143。

〔註503〕（梁）蕭統編、（唐）李善注：《文選》，（臺北・藝文印書館 2003 年 3 月），卷九，頁 143。

（2）解題

是作分八章，首章爲序，敘懷有高才之沖謨公子欲「含華隱曜，嘉遯龍盤，翫世高蹈」，殉華大夫聞訊「適沖漠之所居」「陳辯惑之辭」；次六章分述殉華大夫以音樂、宮室、田獵、寶劍、神駒、奇珍異饌等勸誘沖漠公子投身世俗，然公子仍不爲所動，最終則述以晉朝天下大治的景象而使公子萌生入世之念。然此作屬反諷之作，借「王猷四塞、函夏謐寧」、「六合時邕，巍巍蕩蕩」等反諷世道之亂，故《晉書・張協傳》云：

> 於時天下已亂，所在寇盜，協遂棄絕人事，屏居草澤，守道不競，以屬詠自娛。擬諸文士作〈七命〉。〔註504〕

（3）引文舉例

《埤雅・卷十一・釋蟲・蚑蠑》引〈七命〉曰

> 賦曰：「蟓螟飛而生風，蚑蠑動而成響。」言屋之空曠深靜，易以生風荅響。

按：此引自〈七命〉，原文爲「焦螟飛而風生，尺蠖動而成響。若乃目厭常玩，體倦帷幄。攜公子而雙游，時娛觀於林麓。」，另「飛而風生」，《埤雅》誤作「飛而生風」。〔註505〕

《埤雅・卷十三・釋木・梅》引〈七命〉曰：

> 〈七命〉云：「燀以秋橙，酤以春梅」。

按：此引自〈七命〉，原文爲「萊黃之鮐，丹穴之鸑，玄豹之胎，燀以秋橙，酤以春梅，接以商王之箸，承以帝辛之杯」。另「酤以春梅」，《埤雅》「酤」誤作「酤」。〔註506〕

10、西晉・左思〈蜀都賦〉

〔註504〕見（唐）房玄齡撰，吳士鑑、劉承幹注：《晉書斠注》，（臺北：藝文印書館，1996年），卷五十五・列傳第二十五・〈張協傳〉，頁737。

〔註505〕見（梁）蕭統編、（唐）李善注：《文選》，（臺北・藝文印書館2003年3月），卷三十五，頁502。

〔註506〕見（梁）蕭統編、（唐）李善注：《文選》，（臺北・藝文印書館2003年3月），卷三十五，頁506。

（1）撰者生平

左思（250～305），字太沖，齊臨淄人。西晉文學家，史載其「貌寢口訥而辭藻壯麗」。閑居時構思十年而成〈三都賦〉，賦成，未受時人所重，後得皇甫謐爲其序、張載注〈魏都賦〉、劉逵注〈吳都賦〉、〈蜀都賦〉，自是，名震一時，時人競相傳寫，使洛陽紙貴。又有「己有懷抱，借古人事以書寫之」〔註507〕之〈詠史〉詩八首名垂後世，故《文心雕龍・才略篇》評云：「左思其才，業深覃思，盡銳於〈三都〉，拔萃於〈詠史〉。」〔註508〕」，曾爲賈謐講《漢書》。賈謐被誅而退居鄉里，專意典籍。因值戰亂，舉家自洛陽遷至冀州避難，數歲而病卒。舊傳作品有集五卷，多散佚，今作品多散見於《文選》、《全上古三代秦漢三國六朝文》及《先秦漢魏晉南北朝詩》等書。事蹟見《晉書・卷九十二・文苑傳・左思傳》

（2）解題

〈蜀都賦〉乃託西蜀公子之語來描繪蜀地之特色、山川樣貌、物產、宮苑建築及歷史文化等，文末則盛讚蜀地爲天下之最，「天下孰尚」作結。

（3）引文舉例

《埤雅・卷二・釋魚・嘉魚》引〈蜀都賦〉曰：

〈南都賦〉云：「嘉魚出於丙穴」

按：《埤雅》原作〈南都賦〉，然該文無此。而見於〈蜀都賦〉，故「南」應作「蜀」

〈蜀都賦〉云：「<u>嘉魚出於丙穴</u>，良木攢于褒谷。其樹則有木蘭梫桂，杞欚椅桐，樸枒榠樅。梗柟幽藹于谷底，松柏蓊鬱於山峰。」。〔註509〕

《埤雅・卷二・釋魚・嘉魚》引〈蜀都賦〉李善注曰：

《南都賦》：「嘉魚出於丙穴。」先儒言：「丙穴，在漢中沔陽縣北，有魚穴二所，常以三月取之〔註510〕，穴口向丙，故曰丙也〔註511〕；

〔註507〕見（清）沈德潛：《說詩晬語》卷下。

〔註508〕見《文心雕龍注・才略第四十七》，（臺北：臺灣開明書店，1968 年 7 月），卷十，頁 5。

〔註509〕見（梁）蕭統編、（唐）李善注：《文選》，（臺北・藝文印書館 2003 年 3 月），卷四，頁 77。

〔註510〕見（梁）蕭統編、（唐）李善注：《文選》，（臺北・藝文印書館 2003 年 3 月），卷

舊言尾象篆文丙字，故曰丙穴。」

按：《埤雅》原作〈南都賦〉，然該文無此。而見於〈蜀都賦〉，故「南」應作「蜀」
此包含《文選》李善注及《水經》注之語。《昭明文選・蜀都賦〉云「魚出
於丙穴，良木攢於褒谷」李善注云：「有鱗曰蛟螭。………尸子曰：龍淵
生玉英。丙穴，在漢中沔陽縣北，有魚穴二所，常以三月取之。丙，地名
也」「穴口向丙，故曰丙也」一語見於《水經注・卷三十三・沔水》，原文
爲「褒水又東南，得丙水口，水上承丙穴，穴出嘉魚，常以三月出，十月
入地，穴口廣五六尺，去平地七八尺，有泉懸注，魚自穴下透入水，穴口
向丙，故曰丙穴。下注褒水，故左思稱嘉魚出于丙穴，良木攢于褒谷矣。」

《埤雅・卷四・釋獸・貘》引〈蜀都賦〉曰：

〈蜀都賦〉云：「戟食鐵之獸」即貘也

按：〈蜀都賦〉云：「出彭門之闕，馳九折之坂。經三峽之崢嶸，躡五阨之蹇滻。
戟食鐵之獸，射噬毒之鹿。畾貙氓於蔞草，彈言鳥於森木。拔象齒，戾犀
角。鳥鍛翮，獸廢足。」〔註512〕

11、西晉・摯虞〈槐賦〉

（1）撰者生平

摯虞（？～311），字仲洽〔註513〕，西晉京兆長安人。武帝泰始四年（268
年）舉賢良，拜中郎，旋擢爲太子舍人，除聞喜令，尋以母憂解職。久之，召
補尚書郎。元康中遷吳王友，歷秘書監、衛尉卿、光祿勛太常卿等職，後值永
嘉喪亂，以餒卒。《隋書・經籍志》載其著述有：《決疑要注》一卷，《三輔決錄》
注七卷，《文章志》四卷，《畿服經》一百七十卷，《摯虞集》九卷，《文章流別
集》四十一卷，《文章流別論》二卷，總計二百三十卷。今多不傳。事蹟見《晉
書・卷五十一・列傳第二十一・摯虞傳》

四，頁77。

〔註511〕見酈道元注，（清）全祖望校：《全校水經注》，收錄於《四庫未收書輯刊・第貳輯
貳拾四冊》，（北京：北京出版社，200 年），頁469。

〔註512〕見（梁）蕭統編、（唐）李善注：《文選》，（臺北・藝文印書館2003 年 3 月），卷
四，頁81～82。

〔註513〕《世說新語・文學篇》作「仲治」，此據《晉書・摯虞傳》之說。

（2）解題

（3）引文舉例

《埤雅・卷七・釋鳥・雎鳩》引〈槐賦〉曰：

　摯虞〈槐賦〉曰：「春棲教農之鳥」即雛是也。

按：《埤雅》作「虞槐賦曰………」，然察「春棲教農之鳥」之語，乃出自晉摯
　　虞〈槐賦〉，故《埤雅》缺「摯」字，今據以補之。〈槐賦〉原文作「覽坤
　　元之產殖，莫茲槐之爲貴。爰表庭而樹門，膺論道而正位。爾乃觀其誕狀，
　　察其攸居。豐融湛，蓊郁扶疏。上拂華宇，下臨修渠。湊以夷逕，帶以通
　　衢。樂雙游之黃鸝，嘉別摯之王雎。春棲教農之鳩，夏憩反哺之鳥。鼓柯
　　命風，振葉致涼。開明過于八闥兮，重陰逾乎九房。」〔註514〕

12、東晉・郭璞〈鷉贊〉

（1）撰者生平

郭璞（276～324），字景純，東晉河東聞喜縣人。博學多才，好古文，富文
采，《晉書・郭璞傳》稱「詞賦爲中興之冠」，又精於陰陽、卜筮之術。西晉末，
時局紊亂，舉家避禍東南，歷任宣城、丹陽參軍。元帝時重其才氣，以爲著作
佐郎，遷尚書郎，後將軍王敦任爲記室參軍，王敦欲舉兵，令郭璞筮之，因卦
筮違王敦之意而遭誅，後追賜「弘農太守」。事蹟見《晉書・卷七十二・列傳第
四十二・郭璞傳》

（2）解題

此作品僅見引於《藝文類聚》卷九十。

（3）引文舉例

《埤雅・卷七・釋鳥・鷉》引〈鷉贊〉曰：

　（鷉）亦愛其黨，郭璞〈鷉贊〉所謂「疇類被侵，雖死不避」。

13、東晉・王羲之〈來禽帖〉

（1）撰者生平

〔註514〕見（清）嚴可均校輯：《全上古三代秦漢三國六朝文・全晉文》，（北京：中華書局，
　　　　1999年6月），卷七十六，頁1897。

王羲之（303～361），字逸少，東晉琅琊臨沂人。歷任秘書郎、寧遠將軍、江州刺史等職。後任會稽內史，領右將軍。晚年稱病去官，隱居剡縣金庭以盡山水之遊，弋釣爲娛。王氏以書法見長，隸、草、楷、行各體兼善，有「書聖」之稱，作品〈蘭亭序〉則被譽爲「天下第一行書」。事蹟見《晉書‧卷八十‧列傳第五十‧王羲之傳》。

（2）解題

〈來禽帖〉又名〈青李帖〉、〈青李來禽帖〉，爲《十七帖》之一，共四行，二十字。唐張懷瓘《右軍書記》曾著錄，《宣和書譜》則錄有帖目「青李、來禽、櫻桃、日給滕，子皆囊盛爲佳，函封多不生」。

據唐李綽《尚書故實》載：「王內史書帖中有〈與蜀郡守朱書〉，求青李、來禽、日給藤子。」而《晉書‧王羲之傳》曰：「晚年優遊無事，修植桑果，率諸子，抱弱孫，遊觀其間，有一味之甘，割而分之。」故此應王羲之晚年閑居田園時所作。

（3）引文舉例

《埤雅‧卷十七‧釋草‧木槿》引〈來禽帖〉曰：

> 羲之〈法帖〉曰「來禽、青李」，來禽，柰屬也，言果以美而來禽。

按：此見於〈來禽帖〉，原文爲「青李、來禽、櫻桃、日給滕，子皆囊盛爲佳，函封多不生。」〔註515〕

14、南北朝‧北魏‧高允〈代都賦〉

（1）撰者生平

高允（390～487），字伯恭，北魏勃海蓚人。少孤，曾從釋，未久告罷。好文學，郡召爲功曹，後拜中書博士、遷侍郎、尚書、累進爵咸陽公，遷散騎常侍、中書令等職，允雖居宦顯，歷事太武、景穆、文成、獻文、高宗五帝，出入三省，達五十餘年，然以廉潔自持甚嚴，是時貴臣之門，皆羅列顯官，惟允子弟皆無官爵。卒年九十八，諡曰文，贈侍中、司空公。《隋書‧經籍志四》載

〔註515〕收錄於（清）嚴可均校輯：《全上古三代秦漢三國六朝文‧全晉文》，（北京：中華書局，1999 年 6 月），卷二十二，頁 1583。

著有「後魏司空《高允集》二十一卷」〔註516〕。事蹟見《魏書・卷四十八・列傳第三十六・高允傳》、《北史・卷三十一・列傳第十九・高允傳》。

（2）解題

《魏書・高允傳》云：

> 允上〈代都賦〉，因以規諷，亦〈二京〉之流也。〔註517〕

（3）引文舉例

《埤雅・卷五・釋獸・羱羊》引〈代都賦〉云：

> 〈代都賦〉所謂「羱羊養草以盤旋」是也。

按：《叢書集成初編・五雅全書・埤雅》本及《天運庚辰刊，清康熙間印本》六冊本「代」作「伐」，誤也。

15、南朝・梁・沈約〈郊居賦〉

（1）撰者生平

沈約（441～513），字休文，南朝梁吳興武康人，少篤志好學，博覽經籍，曾任參軍、太子步兵校尉，黃門侍郎兼尚書左丞、後遷尚書令，領太子少傅，轉左光祿大夫等職。曾奉詔修《宋書》一百卷，另著有《晉書》一百十一卷，《齊紀》二十卷，《梁高祖紀》十四卷，《宋世文章志》三十卷，《邇言》十卷，《諡例》十卷等著作，又曾撰《四聲譜》一卷，提倡四聲八病之說使詩歌產生人為聲律，由此開始有律詩格律之雛形。事蹟見《梁書・沈約傳》

（2）解題

據《梁書・沈約傳》曰：

> 約性不飲酒，少嗜欲，雖時遇隆重，而居處儉素。立宅東田，矚望郊阜。嘗為〈郊居賦〉〔註518〕

〔註516〕《舊唐書・經籍志下》及《新唐書・藝文志四》則著錄為「二十卷」。

〔註517〕見（南朝齊）魏收：《魏書》，（臺北：藝文印書館，1996年），卷四十八，列傳第三十六・〈高允傳〉，頁538。

〔註518〕見（唐）姚思廉：《梁書》，（臺北：藝文印書館，1996年8月初版四刷，《二十五史》景印清乾隆武英殿刊本），卷十三・列傳第七〈沈約傳〉，頁117。

故此篇應為沈約晚年之作，就內容而言，可分三部分：首論自身家世及經歷，次論及郊居之處為心之所往，如人間仙境，末則有感千古歷史人物多「與風雲而消散」，因而萌生歸隱向佛之念，亦透露沈約自認有事功而「書事之官靡述」、「不載於良史之筆」之憾。

（3）引文舉例

《埤雅・卷一・釋魚・魴》引〈郊居賦〉曰：

　〈郊居賦〉曰：「赤鯉青魴」

按：〈郊居賦〉載：「其魚則<u>赤鯉青魴</u>，纖鯈鉅鱨。碧鱗朱尾，脩顱偃額。小則戲渚成文，大則噴流揚白。不興羨於江海，聊相忘於余宅。」〔註519〕

16、南朝・陳，徐陵〈玉臺新詠・序〉

（1）撰者生平

徐陵（507～583）字孝穆，南朝東海郯人。梁初，任參寧蠻府軍事，後蕭綱立為太子，任東宮學士，稍遷尚書度支郎。入陳，加散騎常侍，後歷散騎常侍、吏部尚書、尚書左僕射、左光祿大夫、太子少傅等職。至德元年（583）卒，年七十七，諡曰章。徐陵之詩文於時頗有盛名，據《陳書・徐陵傳》云「自有陳創業，文檄軍書及禪授詔策，皆陵所制……世祖、高宗之世，國家有大手筆，皆陵草之。」而《新唐志》錄「徐陵《六代詩集鈔》四卷，又《玉臺新詠》十卷」。事蹟見《南史・卷六十二・列傳第五十二・徐摛傳》、《陳書・卷二十六・列傳第二十・徐陵傳》

（2）解題

《玉臺新詠》為徐陵輯錄自漢至梁之詩歌總集，以「選錄豔歌」為旨，「凡為十卷」，共七六九篇，多艷情之作，間錄民間歌謠。

（3）引文舉例

《埤雅・卷十一・釋蟲・蚚蠖》引〈玉臺新詠・序〉曰：

　賦曰：「龍伸蠖屈」，「蠖屈」，蓋將以求伸也。

〔註519〕見（清）嚴可均校輯：《全上古三代秦漢三國六朝文・全梁文》，（北京：中華書局，1999 年 6 月），卷 25，頁 3098。

按：此引自〈玉臺新詠・序〉，原文爲「撰錄艷歌，凡爲十卷。曾無參于雅頌，
　　亦靡濫于風人。涇渭之間，若斯而已。于是麗以金箱，裝之寶軸。三臺妙
　　迹，龍伸蠖屈之書；五色華箋，河北膠東之紙。」〔註520〕

17、南朝梁・庾信〈鏡賦〉

（1）撰者生平

庾信（513～581），字子山，南陽新野人。初仕梁，爲抄撰學士。後出使西
魏遭拘，梁亡，歷仕西魏、北周，官至驃騎大將軍、開府儀同三司、司憲中大
夫，晉爵義城縣侯、洛州刺史等職。大象初，以疾去職。隋開皇元年（581）卒。
事蹟見《北史・卷八十三・列傳第七十一・文苑・庾信傳》。

（2）解題

〈鏡賦〉屬梁宮體賦，寫美人晨起鏡前梳妝之情境。

（3）引文舉例

《埤雅・卷十五・釋草・薐》引〈鏡賦〉曰

　羣說鏡謂之菱華，以其面平，光影所成如此，庾信〈鏡賦〉曰

　「照壁而菱華自生」是也

按：「羣說」，《四庫》本作「羣說」，他本皆作「舊說」，故「羣說」，應爲「舊
　　說」之誤。「照壁而菱華自生」一句，〈鏡賦〉作「照日則壁上菱生」，然《埤
　　雅》誤作「照壁而菱華自生」。其原文應爲「臨水則池中月出，照日則壁上
　　菱生。」〔註521〕

四、隋、唐

1、隋・杜臺卿〈淮賦〉

（1）撰者生平

杜臺卿（？～？），字少山，隋博陵曲陽人。少好學且能屬文。仕齊奉朝請，

〔註520〕見（清）嚴可均校輯：《全上古三代秦漢三國六朝文・全隋文》，（北京：中華書局，
　　　　1999年6月），卷十，頁3457。
〔註521〕見（清）嚴可均校輯：《全上古三代秦漢三國六朝文・全後周文》，（北京：中華書
　　　　局，1999年6月），卷九，頁3927。

歷司空西閣祭酒、司徒戶曹、著作郎、中書黃門侍郎等職。及周武帝平齊，返歸鄉里，屏居教授以《禮記》、《春秋》。隋開皇初，應詔入朝，拜著作郎，杜氏曾據《月令》廣之，博采諸書，旁及時俗，而爲書十二卷，名《玉燭寶典》，後又自請修史。開皇十四年（594 年），致仕還鄉，未幾而終。有集十五卷，撰《齊記》二十卷。事具見《隋書‧卷五十八‧列傳第二十三‧杜臺卿傳》、《北齊書‧卷二十四‧杜弼傳》、《北史‧卷五十五‧列傳第四十三‧杜弼傳》等。

（2）解題

《全上古三代秦漢三國六朝文‧全隋文》‧卷二十錄有杜臺卿〈淮賦‧并序〉，文中言及創作之動機，云：

> 古人登高有作，臨水必觀焉。吟詠比賦，可得而言矣。《詩‧周南》云：「漢之廣矣，不可詠思；江之永矣，不可方思。」〈邶風〉云：「涇以渭濁，湜湜其沚。」〈衛風〉云：「河水洋洋，北流活活。」〈小雅〉云：「滔滔江漢，南國之紀。」〈大雅〉云：「豐水東注，惟禹之績。」〈周頌〉云：「猗與漆沮，潛有多魚。有鱣有鮪，鰷鱨鰋鯉。」〈魯頌〉云：「思樂泮水，薄采其芹。」此皆水賦濫觴之源也。後漢班彪有〈覽海賦〉，魏文帝有〈滄海賦〉，王粲有〈游海賦〉，晉成公綏有〈大海賦〉，潘岳有〈滄海賦〉，木玄虛、孫綽并有〈海賦〉，楊泉有〈五湖賦〉，郭璞有〈江賦〉，惟淮未有賦者。魏文帝雖有〈浮淮賦〉，止陳將卒赫怒，至于兼包化產，略無所載。齊天統初，以教府詞曹出除廣州長史，經淮陽赴鎮，頻經利涉，壯其淮沸浩蕩，且注巨海，南通曲江，水怪神物，于何不有？遂撰聞見，追而賦之曰：美大川之爲德，諒在物而非假。決出元氏之鄉，濫流桐柏之下。始經營于赤位，終散漫于炎野。〔註522〕

（3）引文舉例

《埤雅‧卷六‧釋鳥‧鶀鵲》引〈淮賦〉曰：

> 〈淮賦〉所謂「鸛鵠吐雛於八九，鶀鵲銜翼而低昂」者也。

按：此爲〈淮賦〉之佚文。

〔註522〕見收錄於（清）嚴可均校輯：《全上古三代秦漢三國六朝文‧全隋文》，（北京：中華書局，1999 年 6 月），卷二十，頁 4133。

2、唐‧吳筠〈玄猿賦〉

（1）撰者生平

吳筠，（？～778 年），字貞節，唐華州華陰人，一云魯中人〔註523〕。少習儒經，後因舉進士不第，乃入嵩山學道，師事潘師正。玄宗聞其名，徵任令待詔翰林。玄宗曾問以道法、神仙修煉之事，吳筠每開陳，皆間之微言諷詠天子，以達其誠，玄宗深重之。天寶間，因李林甫、楊國忠用事，堅求還山，不許。乃詔於嶽觀別立道院。安祿山將亂，求還茅山，許之。後安祿山攻陷兩京，江淮一帶，盜賊四起，乃東入會稽，往來於天臺、剡中，與詩人李白、孔巢父詩篇酬和，終於越中。大曆十三年（778）卒，弟子私謚爲宗元先生。有文集二十卷，詩一卷。〔註524〕事蹟見《舊唐書‧卷一百九十二‧列傳第一百四十二‧隱逸‧吳筠傳》、《新唐書‧卷一百九十六‧列傳第一百二十一‧隱逸‧吳筠傳》〔註525〕。

（2）解題

此賦乃吳筠以「永逍遙以自適」之觀點論及遠凶避禍之法，〈玄猿賦‧序〉即云：

> 前誌稱周穆王南征，君子變爲猨鶴，小人變爲蟲沙。夫神用無方，未必不爾。筠自入廬嶽，則睹斯元猿。嘉其雨昏則無聲，景霽則長嘯，不踐土石，超遙於萬木之間。春咀其英，秋食其實。不犯稼穡，深棲遠處，猶有君子之性，異乎狙猱之倫。且多難已來，庶品凋敗，麋鹿殫於網罟，遺甿困於誅求。此獨蕭然，物莫能患，豈不以託跡夐絕，不才遠禍。昔夫子歎山梁雌雉，曰「時哉時哉」！予因感之，聊以作賦云耳。〔註526〕

〔註523〕（唐）權德輿《宗玄先生文集序》、《新唐書》本傳云「華州華陰人」。《舊唐書》
　　　　本傳、《仙鑒》卷三十七、《玄品錄》卷四則云「魯中之儒士也」。

〔註524〕見（後晉）劉昫等撰：《舊唐書》，（臺北：藝文印書館，1996 年），卷一百九十二，
　　　　頁 2560。

〔註525〕見（宋）歐陽修等撰：《新唐書》：（臺北：藝文印書館，1996 年），卷一百九十六，
　　　　頁 2225。

〔註526〕見《全唐文‧元猿賦並序》。收錄於（清）董誥等編：《全唐文》，（上海：上海古
　　　　籍出版社，1995 年 11 月），卷九二五，頁 4275～4276。按：清代爲避諱，故將〈玄

（3）引文舉例

《埤雅・卷三・釋獸・麝》引〈玄猿賦〉曰：

> 吳筠〈玄猿賦〉以爲「麝懷香以賈害，狙伐巧而招射」〔註527〕謂是
> 也。

3、唐・杜甫〈戲作徘諧體遣悶二首〉、〈義鶻行〉、〈徐步〉、〈秦州雜詩・其一〉

（1）撰者生平

杜甫（712～770），字子美，唐河南鞏縣人，天寶初應進士，不第，因獻賦玄宗而授右衛率府冑曹參軍。及安史之亂，奔效肅宗，官拜左拾遺，然上疏直諫宰相房琯遭罷之事，遭貶華州司功參軍，因關輔饑而棄官。故舊嚴武鎮成都，而奏爲節度參謀、檢校尙書工部員外郎，武卒，甫無所依，乃舉家出蜀，四處飄零，後卒於湘江途中〔註528〕。事蹟見《舊唐書・卷一百九十下・列傳第一百四十下・文苑下・杜甫傳》、《新唐書・卷二百〇一・列傳第一百二十六・文藝上・杜審言傳》。

（2）解題

〈秦州雜詩〉乃乾元二年（759），杜甫年四十八歲，因救房琯之故自洛陽貶華州司功參軍，七月，辭官攜家眷流寓秦州而作，詩凡二十首，雜記見聞及感懷之作。

〈徐步〉則於上元二年（761）春作。上元元年（760）春，杜甫舉家於

猿賦〉改作〈元猿賦〉，下同。

〔註527〕見《全唐文・卷九二五・吳筠（一）・元猿賦並序》：「夫時珍貂裘，世寶狐白，彼徒工於隱伏，終見陷於機辟。<u>麝懷香以賈害，狙伐巧而招射</u>，小則悲翠殞於羽毛，大則犀象殘於齒革。孰能去有用之損，取無用之益？」收錄於（清）董誥等編：《全唐文》，（上海：上海古籍出版社，1995年11月），卷九二五，頁4276。

〔註528〕《新唐書》、《舊唐書》皆載杜甫之死乃肇於啖酒肉而亡。如《舊唐書》載：「蜀中大亂，甫以其家避亂荊楚，扁舟下峽。未維舟而江陵亂，乃溯沿湘流，游衡山，寓居耒陽。甫嘗游岳廟，爲暴水所阻，旬日不得食。耒陽令知之，自棹舟迎甫而還。永泰二年，啖牛肉白酒，一夕而卒于耒陽」。《新唐書》則曰「大歷中，出瞿塘，下江陵，溯沅湘以登衡山，因客耒陽，游岳祠，大水遽至，涉旬不得食，縣令具舟迎之，乃得還。令嘗饋牛炙白酒，大醉，一昔卒」。

成都西郊浣花溪畔築茅屋而居，名杜甫草堂，又名浣花草堂。次年，上元二年（761）春作〈徐步〉，寫於草堂庭內徐步吟詩之狀、日晡後鳥蟲工作之景及才能見忌之感。

〈戲作俳諧體遣悶〉乃杜甫借詼諧之詩作，而寓含對主政者的諷刺、表達憤世疾俗的情感及抒發對世之感慨。

（3）引文舉例

《埤雅・卷六・釋鳥・鵜》引〈戲作俳諧體遣悶二首〉之一曰：

杜甫詩云「家家養烏鬼」是也。

按：此見於杜甫〈戲作俳諧體遣悶二首〉之一，原文為「異俗吁可怪，斯人難並居。家家養烏鬼，頓頓食黃魚。舊識能為態，新知已暗疏。治生且耕鑿，只有不關渠。」〔註 529〕

《埤雅・卷八・釋鳥・鶻》引〈義鶻行〉曰：

舊言鶻有義性，杜甫所賦〈義鶻行〉是也

《埤雅・卷十・釋蟲・蝶》引〈徐步〉曰：

一說蜂蝶醜，皆以鬚嗅。鬚蓋其鼻也，故杜甫詩曰「花蘂上蜂鬚」以此

按：此見於杜甫〈徐步〉，原文為「整履步青蕪，荒庭日欲晡。芹泥隨燕觜，花蘂上蜂鬚。把酒從衣濕，吟詩信杖扶。敢論才見忌，實有醉如愚。」〔註 530〕

《埤雅・卷十一・釋蟲・鼠》引〈秦州雜詩〉曰：

杜甫詩曰「水落魚龍夜，山空鳥鼠秋。」

按：此見於杜甫〈秦州雜詩・其一〉，原文作「滿目悲生事，因人作遠遊。遲回度隴怯，浩蕩及關愁。水落魚龍夜，山空鳥鼠秋。西征問烽火，心折此淹留。」〔註 531〕

4、唐・韓愈〈南海神廟碑〉、〈與張十八同效阮步兵一日度一夕〉、〈送

〔註 529〕見《杜甫全集》，（臺北：臺灣時代書局，1975 年 3 月），頁 226。

〔註 530〕見《杜甫全集》，（臺北：臺灣時代書局，1975 年 3 月），頁 150。

〔註 531〕見《杜甫全集》，（臺北：臺灣時代書局，1975 年 3 月），頁 131。

窮文〉、〈守戒〉、〈送孟東野序〉、〈曹成王碑〉

（1）撰者生平

韓愈（768～824），字退之，唐代鄧州南陽人，祖籍郡望昌黎郡，故自稱昌黎韓愈，世稱韓昌黎。愈三歲而孤，恃兄會、嫂鄭氏而長。德宗貞元八年（792年）時，登進士科；後歷任四門博士、監察御史、陽山縣令、國子博士和刑部侍郎等職，憲宗元和十四年（819年），因上疏〈論佛骨表〉觸怒君上，而貶潮州刺史。後穆宗立，徵爲國子祭酒，後遷兵部侍郎，又因平亂有功，改授吏部侍郎，轉京兆尹，兼御史大夫。長慶四年，卒於長安，追贈禮部尙書，諡曰文，世稱韓文公。因晚年曾任吏部侍郎，又稱韓吏部。著作有《昌黎先生集》。事蹟見《唐書·卷一百七十六·列傳第一百一·韓愈傳》及《舊唐書·卷一百六十·列傳卷第一百一十·韓愈傳》。

（2）解題

〈送窮文〉乃作於唐憲宗元和六年春，時任河南令。韓愈借「主人」與「窮鬼」之對話，進而抒發抑鬱不得志之文章；〈南海神廟碑〉乃於元和十四年被貶潮州，途經廣州，遇修葺神廟之事，應友人之邀，撰〈南海神廣利王廟碑〉一文以識之。〈送孟東野序〉乃韓愈爲孟郊前往任溧陽縣尉而作之贈序，除慰藉懷才不遇的孟郊外，實則發表「凡物不得其平則鳴」觀點，及對暗諷當權者不重人才的感慨。

（3）引文舉例

《埤雅·卷二·釋魚·龜》引〈南海神廟碑〉曰：

　龜善藏久，能行氣導引，其背微匾，韓子謂之穹龜。

按：此見於〈南海神廟碑〉，原文爲「穹龜長魚，踴躍後先，乾端坤倪，軒豁呈露」。〔註532〕

《埤雅·卷三·釋獸·鹿》引〈與張十八同效院步兵一日度一夕〉曰：

　韓子曰：「譬如兔得跡，安用東西跳。」

按：此見於〈與張十八同效院步兵一日度一夕〉，原文作「一日復一日，一朝復

〔註532〕見（唐）韓愈撰《韓昌黎全集》，（臺北：新興書局，1967年），頁432。

一朝。祇見有不如，不見有所超。食作前日味，事作前日調。不知久不死，憫憫尚誰要？富貴自縶拘，貧賤亦煎焦。俯仰未得所，一世已解鑣。譬如籠中鶴，六翮無所搖。譬如<u>兔得蹄，安用東西跳</u>。還看古人書，復舉前人瓢。未知所究竟，且作新詩謠。」「蹄」，《埤雅》訛作「跡」。〔註533〕

《埤雅・卷五・釋獸・狗》引〈送窮文〉曰：

　　韓子曰：「蠅營狗苟。」。

按：此引自〈送窮文〉，原文爲「朝悔其行，暮已復然。蠅營狗苟，驅去復還。」〔註534〕

《埤雅・卷六・釋鳥・雞》引〈守戒〉曰：

　　韓子曰：「魯雞之不期，蜀雞之不支。」

按：此引自〈守戒〉，原文爲：「賁育之不戒，童子之不抗；魯雞之不期，蜀雞之不支。」〔註535〕

《埤雅・卷八・釋鳥・黃鳥》引〈送孟東野序〉曰：

　　韓子曰：「以鳥鳴春，以蟲鳴秋。」

按：此引自〈送孟東野序〉，然有所刪節，原文爲「維天之於時也亦然，擇其善鳴者而假之鳴。是故以鳥鳴春，以雷鳴夏，以蟲鳴秋，以風鳴冬，四時之相推敓，其必有不得其平者乎！」〔註536〕

《埤雅・卷十一・釋蟲・鼠》引〈曹成王碑〉曰：

　　韓子曰：狐鼠進退。

按：此引自〈曹成王碑〉原文爲「王至則屏兵，投良以書，中其忌諱。良羞畏乞降，<u>狐鼠進退</u>。王即假爲使者，從一騎，蹄五百裏，抵良壁，鞭其門大呼：「我曹王，來受良降，良今安在？」良不得已，錯愕迎拜，盡降

〔註533〕見（唐）韓愈：《韓昌黎全集》，（臺北：新興書局，1967年），頁145。
〔註534〕見（唐）韓愈：《韓昌黎全集》，（臺北：新興書局，1967年），頁432。
〔註535〕見（唐）韓愈：《韓昌黎全集》，（臺北：新興書局，1967年），頁215。
〔註536〕見（唐）韓愈：《韓昌黎全集》，（臺北：新興書局，1967年），頁145。

其軍。」〔註537〕

5、唐・白居易〈放言五首〉

（1）撰者生平

白居易（772～846），字樂天，唐太原人。貞元年間，擢進士、拔萃皆中，補校書郎。元和元年，對制策乙等，授盩厔尉，為集賢校理，月中，召入翰林為學士。遷左拾遺。任太子左贊善大夫時，因上疏論宰相武元衡之事而遭貶江州司馬。後歷司馬員外郎、知制誥、刑部侍郎、馮翊縣侯，官至刑部尚書致仕。白氏力主「文章合為時而著，詩歌合為事而作」，故作品多以社會寫實見長。事蹟見《舊唐書・列傳第一百一十六下・白居易傳》、《新唐書・卷一百三十二・列傳第四十四・武李賈白傳》。

（2）解題

是作見於《元氏長慶集》卷十八。元和五年（810），元稹遭貶江陵士曹參軍。於江陵寫了〈放言〉詩五首以明心志。元和十年（815），白居易因武元衡事件而被貶為江州司馬。是時元稹已轉任通州司馬，聞訊贈〈聞樂天授江州司馬〉一詩。白居易則寫五首〈放言〉詩奉和。〈放言五首并序〉曰：

> 元九在江陵時，有《放言》長句詩五首，韻高而體律，意古而詞新。予每詠之，甚覺有味。雖前輩深于詩者，未有此作。唯李頎有云：「濟水至清河自濁，周公大聖接輿狂。」斯句近之矣。予出佐潯陽，未屆所任，舟中多暇，江上獨吟，因綴五篇，以續其意耳。

全詩中以己之遭遇，述人生真偽、禍福、貴賤、貧富、生死諸問題之己見，並對時政予以批判。

（3）引文舉例

《埤雅・卷十六・釋草・虆蕪》引〈放言〉曰：

> 是故周公忠勤而被流言，王莽折節以致虛譽。

按：此《埤雅》未言明所引之出處，然查白居易在〈放言五首〉其三：「贈君一法決狐疑，不用鑽龜與祝蓍。試玉要燒三日滿，辨材須待七年期。周公恐

〔註537〕見（唐）韓愈：《韓昌黎全集》，（臺北：新興書局，1967年），頁403。

懼流言日，王莽謙恭未篡時。向使當初身便死，一生眞僞復誰知？」之語，
可推論應暗引自白居易〈放言〉之作。

6、唐・柳宗元〈羆說〉、〈憎王孫文序〉

（1）撰者生平

柳宗元（773～819），字子厚，唐河東解縣人，故人稱柳河東。貞元九年
（793）登進士第，後中博學鴻詞科，授集賢殿正字、藍田尉等職。貞元十九
年（803）任監察御史。永貞元年（805）正月，順宗即位，王叔文力主改革，
欲重柳宗元之才，任禮部員外郎。八月，順宗禪讓帝位於憲宗，此後，王叔
文等人相繼遭貶，柳宗元則貶邵州刺史，未至，中途再貶永州司馬。歷時十
年之久，方得短暫還京，旋又出任柳州刺史。元和十四年（819）卒於柳州，
世稱柳柳州。著有《柳河東集》。事蹟見《舊唐書・卷一六〇・列傳第一百一
十・柳宗元傳》。

（2）解題

〈憎王孫文〉與〈羆說〉皆屬爲寓言之作。〈憎王孫文〉由序及詩二部分所
組成。文中以猿與猢猻善惡差異之描寫，藉以隱喻現實人事中改革與守舊之勢
力水火不容之情事，並讚揚革新者之善與保守者排除異己之惡。〈羆說〉則以自
然界中鹿、貙、虎、羆物物相剋之事，諷喻人世中多「不善內而恃外者」者，
亦暗喻著執政者若僅靠保守之勢、不知改革，終將敗亡。

（3）引文舉例

《埤雅・卷四・釋獸・貙》引〈羆說〉曰：

> 柳子曰：「貙畏虎，虎畏羆」〔註538〕。

《埤雅・卷四・釋獸・猴》引〈憎王孫文序〉曰：

> 柳子曰：「猿類仁讓孝慈。居相愛，食相先，行有列，飮有序。有
> 難，則內其柔弱者。不踐稼蔬。木實未熟，相與視之謹；既熟，
> 嘯呼群萃，然後食。山之小草木，必環而行，遂其植。猴之德勃

〔註538〕見（唐）柳宗元《柳河東集・羆說》，（臺北：河洛圖書，1974 年 12 月），卷十六，
頁 302。

諍號呶，雖群不相善也。食相噬齧，行無列，飲無序。乖離而不
思。有難則推其柔弱者以免。好踐稼蔬，所過狼藉披攘。木實未
熟，輒齕齩投注。竊取人食，皆以自實其嗛。山之小草木，必陵
挫折撓之。」

按：此引自〈憎王孫文序〉，然引文有所刪節，且文中有多處不同，如：「王孫」，
《埤雅》作「猴」；「皆知」，《埤雅》作「皆以」；必淩；《埤雅》作「必陵」；
「折挽」，《埤雅》作「撓之」。〈憎王孫文序〉原文為「猿、王孫居異山，
德異性，不能相容。<u>猿之德靜以恒，類仁讓孝慈。居相愛，食相先，行有
列，飲有序。</u>不幸乖離，則其鳴哀。<u>有難，則內其柔弱者。不踐稼蔬。</u>木
實未熟，相與視之謹；既熟，嘯呼群萃，然後食，衎衎焉。<u>山之小草木，
必環而行遂其植。</u>故猿之居山恒鬱然。王孫之德躁以囂，<u>勃諍號呶，</u>喈喈
彊彊，<u>雖群不相善也。</u>食相噬齧，行無列，飲無序。乖離而不思。<u>有難，
推其柔弱者以免。好踐稼蔬，所過狼藉披攘。木實未熟，輒齕咬投注。竊
取人食，皆知</u>自實其嗛。<u>山之小草木，必淩挫折</u>挽。」〔註539〕

〔註539〕見（唐）柳宗元《柳河東集・羆說》，（臺北：河洛圖書，1974 年 12 月），卷十八，
頁 322。

第九章　陸佃爾雅學著作之價值

　　歷來學者於求經典多求其義理之所在，而訓詁者，義理之所由出也〔註1〕；
名物者，知古制、事物終始之故，故義理之學即成於名物、訓詁之中。戴震曰：

> 學問之途，其大致有三，或事於理義，或事於制數，或事於文章。

〔註2〕

而陸佃之雅學作品中，《埤雅》即屬釋名物之作，可爲《爾雅》之輔，《四庫全
書總目提要》曰：

> 其說諸物，大抵略於形狀而詳於名義。尋究偏旁，比附形聲，務求
> 其得名之所以然。又推而通貫諸經，曲証旁稽，假物理以明其義，
> 中多引王安石《字說》。……然其詮釋諸經，頗據古義。其所援引，
> 多今所未見之書。其推闡名理，亦往往精鑿。謂之駁雜則可，要不
> 能不謂之博奧也。〔註3〕

〔註1〕見錢大昕：《潛研堂文集・經籍纂詁序》，收錄於陳文和主編：《錢大昕全集》第玖
　　　冊，（南京：江蘇古籍出版社，1997年12月），卷二十四，頁377。

〔註2〕見戴震：《戴東原集・與方希原書》，收錄於（清）戴震撰：《戴東原先生全集》，（臺
　　　北：大化書局，1987年4月），卷九，頁1101。

〔註3〕見《四庫全書總目提要》卷四十「埤雅」條；胡樸安於《中國訓詁學史》亦取《提
　　　要》之說，云：「《埤雅》…所以爲《爾雅》之輔，但《埤雅》不釋訓詁，專釋名物，

《爾雅新義》則屬訓詁之作，是書脫離傳統窠臼，對《爾雅》有所重新注解，欲使其別於前人之說，孫志祖云：

> 農師之學，源於荊公，說經間有傅會，然其博洽多識，視鄭漁仲注實遠過之，且其所述經文，猶是北宋舊本，可以正今監本之譌謬。

〔註4〕

故二書援引舊籍、求名物之所以然，爲後人所讚譽，然二書本王氏之學多有臆說傅會之處，則爲人所詬病者，陳振孫《直齋書錄解題》云：

> 其於是書（《爾雅新義》），用力勤矣。自序以爲「雖使郭璞擁篲清道，跂望塵躅可也。」以愚觀之，大率不出王氏之學，與劉貢父所謂不徹薑食、三牛三鹿戲笑之語〔註5〕，殆無以大相過也。〔註6〕

又曰：

> （《埤雅》）其於物性精詳，所援引甚博，而亦多用《字說》。〔註7〕

胡樸安《中國訓詁學史》亦云：

> 《埤雅》…所以爲《爾雅》之輔，但《埤雅》不釋訓詁，專釋名物，或者爲未成之書與其釋名物也，大抵略於形狀，而詳於名義，尋究

或者爲未成之書與其釋名物也，大抵略於形狀，而詳於名義，尋究偏旁，比附形聲，求其得名之所以然。此種方法，極是考正名物之一助。」見胡樸安著：《中國訓詁學》，收錄於王雲五、傅緯平主編：《中國文化史叢書》，（臺北：臺灣商務印書館，1988年11月），頁109。

〔註4〕見孫志祖：〈爾雅新義跋〉，附於《爾雅新義・附錄・跋》，收錄《續修四庫全書》，經部・小學類・第一八五冊（上海：上海古籍出版社，1995年3月），頁479。

〔註5〕按：「不徹薑食、三牛三鹿」之說見於《邵氏聞見後錄》卷二十九，云：「王荊公喜說字至以成俗，劉貢父戲之曰：『三鹿爲麤，鹿不如牛。三牛爲犇，牛不如鹿。』謂『宜三牛爲麤，三鹿爲犇，若難於遽改，欲令各權發遣』。」又「王荊公會客食，遽問：『孔子不徹薑食，何也？』劉貢父曰：『《草木書》：薑多食損知，道非明之，將以愚之。孔子以道教人者，故云。』荊公喜以爲異聞，久之，乃悟其戲也。荊公之學尚穿鑿類此。」

〔註6〕見（宋）陳振孫：《直齋書錄解題・卷三・小學類》「《爾雅新義》」條，（臺北・臺灣商務印書館，1978年），頁83。

〔註7〕見（宋）陳振孫：《直齋書錄解題・卷三・小學類》「《埤雅》」條，（臺北・臺灣商務印書館，1978年），頁83。

偏旁，比附形聲，求其得名之所以然。此種方法，極是考正名物之一助。但陸氏用之不愼，未免多穿鑿附會之說。蓋陸氏之學，出於王安石，故其中多引王安石《字說》，間亦引《說文解字》之說，王安石《字說》已不可靠，陸氏自己之說，更是不求證據，說以私意。蓋宋人訓詁之學，大率如是。如釋「鱒」云：「鱒好獨行，制字從尊，殆以此也」⋯⋯《埤雅》亦有可取之處，頗多異物異言，其所援引，亦有今日未見之書。《四庫全書提要》曰：「其推闡名理，亦往往精鑿，謂之駁雜則可，要不能不謂之博奧也。」斯眞持平之論矣。〔註8〕

由是觀之，陸佃之雅學著作歷來毀譽參半，本章擬等對陸佃雅學著作之貢獻從事客觀之探討。

第一節　圖書文獻方面之價值

有關陸佃雅學著作與文獻間之價值，茲將其歸納爲下列幾點：

一、可資輯佚

《埤雅》、《爾雅新義》二書之注解方式，多以徵引文獻，對字、事物作說解，其所引之書中不乏今已亡佚之作，如《字說》、《林氏小說》、《述征記》、《禽經》、《養魚經》、《神農書》等或已失傳，或已不全，所幸陸佃於著作中多有徵引，後人遂得以從中輯錄出相關資料，以補其不足之處，如：《禽經》一書，宋《直齋書錄解題》中始見其目，而陸佃《埤雅》則爲首部徵引其書之著作，且所錄多爲今本所不載者，於卷六、七、八共錄有27條，列舉如下：

1、《埤雅・卷六・釋鳥・雞》引《禽經》曰：

《禽經》曰：「陸鳥曰棲，水鳥曰宿，獨鳥曰止，眾鳥曰集。」

2、《埤雅・卷六・釋鳥・鸛》引《禽經》曰：

《禽經》曰：「鸛俯鳴則陰，仰鳴則晴。」

3、《埤雅・卷六・釋鳥・鵝》引《禽經》曰：

〔註8〕見胡樸安著：《中國訓詁學》，收錄於王雲五、傅緯平主編：《中國文化史叢書》，（臺北：臺灣商務印書館，1988年11月），頁109～112。

傳曰：「鵝飛則蜮沉，鶬鳴則蚓結。」〔註9〕又曰：「短腳者多伏，長腳者多立。腳近尾者好步，腳近臆者好躑。」又曰：「陸生之鳥味多銳而善啄，水生之鳥味多圓而善唼。」…………《禽經》曰：「鵝見異類差翅鳴，雞見同類拊翼鳴。」

4、《埤雅・卷六・釋鳥・雉》引《禽經》曰：

《禽經》曰：「鶵上無尋，鷚上無常，雉上有丈，鸜上有赤。」

5、《埤雅・卷六・釋鳥・鳶》引《禽經》曰：

《禽經》曰：「暮鳩鳴即小雨，朝鳶鳴即大風。」

6、《埤雅・卷六・釋鳥・鸇》引《禽經》曰：

《禽經》曰：「鷂好風，鸇惡雨」又曰：「鷾鴯之信不如鷹，周周之智不如鴻。」

7、《埤雅・卷六・釋鳥・雕》引《禽經》曰：

《禽經》曰：「淘河在岸則魚沒，沸河在岸則魚涌。」…………《禽經》曰：「雕以周之，鷙以就之。」

8、《埤雅・卷六・釋鳥・鴈》引《禽經》曰：

《禽經》曰：「鴻雁愛力，遇風迅舉；孔雀愛毛，遇雨高止」又曰：「鴈曰翁，雞曰鶬，雉曰鷹。」

9、《埤雅・卷六・釋鳥・鷹》引《禽經》曰：

《禽經》曰：「鷹不擊伏，鶻不擊妊。」

10、《埤雅・卷六・釋鳥・鷹》引《禽經》曰：

《禽經》曰：「旋目，其名鶚；交目，其名鵰；方目其名鳩。」

11、《埤雅・卷六・釋鳥・鶴》引《禽經》曰：

《禽經》曰：「鶴以怒望，鷗以貪顧，雞以嗔眤，鴨以怒瞑，雀以猜懼，燕以狂眄，視也；鷪以喜囀，烏以悲啼，鳶以饑鳴，鶴以絜唳，

〔註9〕《埤雅・卷十一・釋蟲・蜮》引《禽經》「蚓」作「蛇」。見（宋）陸佃：《埤雅》卷十一・釋蟲・蜮，收錄於（清）永瑢、紀昀纂修《景印文淵閣四庫全書》，（臺北：臺灣商務印書館，1986 年 3 月），第二二二冊，頁 153。

梟以凶叫，鷗以愁嘯，鳴也。」……《禽經》曰：「鶴愛陰而惡陽，雁愛陽而惡陰。」

12、《埤雅‧卷七‧釋鳥‧鶍鳩》引《禽經》曰：

《禽經》曰：「一鳥曰隹，二鳥曰雔，三鳥曰朋，四鳥曰乘，五鳥曰雇，六鳥曰鷯，七鳥曰鳧，八鳥曰鸞，九鳥曰鳩，十鳥曰鶉。」

13、《埤雅‧卷七‧釋鳥‧鸝鳩》引《禽經》曰：

《禽經》曰：「林鳥朝嘲，水鳥以夜嗃。」〔註10〕

14、《埤雅‧卷七‧釋鳥‧雛》引《禽經》曰：

《禽經》曰：「拙者莫若鳩，巧者莫若鶻。」

15、《埤雅‧卷七‧釋鳥‧孔雀》引《禽經》曰：

《禽經》曰：「鵲見蛇則噪而賁，孔見蛇則宛而躍。」

16、《埤雅‧卷七‧釋鳥‧鷺》引《禽經》曰：

《禽經》曰：「鷺啄則絲偃，鷹捕則角弭，藏殺機也」………《禽經》曰：「山禽之味多短，水禽之味多長，山離之尾多修，水禽之尾多促。」……又曰：「鸛好霜，鷺惡露。」

17、《埤雅‧卷八‧釋鳥‧燕》引《禽經》曰：

《禽經》曰：「烏向啼背棲，燕背飛向宿，背飛，頡頏是也。」

18、《埤雅‧卷八‧釋鳥‧鶮雉》引《禽經》曰：

《禽經》曰：「火爲鶮，亢爲鶴。」

19、《埤雅‧卷八‧釋鳥‧鵑》引《禽經》曰：

《禽經》曰：「鸛生三子一爲鶴，鳩生三子一爲鶚。」

20、《埤雅‧卷八‧釋鳥‧隼》引《禽經》曰：

《禽經》曰：「鷹好峙，隼好翔，梟好沒，鷗好浮。」……《禽經》曰：「鷹以臂之，鶻以搏之，隼以尹之。」

〔註10〕　《禽經》原文爲「林鳥朝嘲。林鳥，朝之將翔也，聚而噍唧。水鳥夜野，山鳥岩棲。山岩之鳥，多不巢。」

21、《埤雅・卷八・釋鳥・鳳》引《禽經》曰：

> 師曠《禽經》曰：「青鳳謂之鶡，赤鳳謂之鶉，黃鳳謂之焉，白鳳謂之鷫，紫鳳謂之鷟。」又曰：「乾皐斷舌則坐歌，孔雀拍尾則立舞，人勝之也；鷫入夜而歌，鳳入朝而舞，天勝之也。」

22、《埤雅・卷九・釋鳥・鷩雉》引《禽經》曰：

> 《禽經》曰：「霜傅強枝，鳥以武生者，少；雪封枯原，鳥以文死者多。」

23、《埤雅・卷九・釋鳥・鵠》引《禽經》曰：

> 《禽經》曰：「烏鳴啞啞，鷺鳴囉囉，鳳鳴喈喈，凰鳴啾啾，雉鳴鷕鷕，雞鳴咿咿，鶯鳴嚶嚶，鵲鳴唶唶，鴨鳴呷呷，鵠鳴唶唶，鵙鳴嗅嗅。」

24、《埤雅・卷九・釋鳥・雀》引《禽經》曰：

> 師曠《禽經》曰：「雀交不一，雉交不再。」又曰：「雀以猜瞿。」

25、《埤雅・卷九・釋鳥・鸚鵡》引《禽經》曰：

> 《禽經》曰：「冠鳥性勇，帶鳥性仁，纓鳥性樂。」

26、《埤雅・卷十一・釋蟲・蜮》引《禽經》曰：

> 《禽經》所謂「鵝飛則蜮沉，鵙鳴則蛇結。」

27、《埤雅・卷十一・釋蟲・鼠》引《禽經》曰：

> 《禽經》曰：「鵝鳥不登山，鷸鳥不踏土。」

二、可資校勘

陸佃雅學著作中所徵引之書，多為北宋善本，文字或內容與今本或有異，當可供校勘、訂正舊說、俗說之訛所資，歷代學者如陳振孫、嚴元照、張金吾等人皆對此提出評價，如《四庫全書總目提要》曰：

> 其詮釋諸經，頗據古義，其所援引，多今所未見之書，其推闡名理，亦往往精鑿，謂之駁雜則可，要不能不謂之博奧。〔註11〕

〔註11〕見《四庫全書總目提要》「《埤雅》」條，見於《爾雅新義・敘錄》，（上海：上海古籍出版社，1995年3月），收錄於《續修四庫全書》，經部・小學類・第一八五冊，頁339。

阮元曰：

> 所據經乃當時至善之本，……足以資考訂，亦讀經者知所不廢也。

〔註12〕

嚴元照曰：

> 此書乃北宋本，經文多可是正俗本，……其他與今本異而亦有所本。

〔註13〕

張金吾曰：

> 至其所據，經文猶北宋善本足以訂正今本者。〔註14〕

按：《爾雅新義》中有多處與注疏本有所不同處，如卷四〈釋言〉作「楮，柱也」〔註15〕，後之傳本則多據《經典釋文》而改作「揩拄」，唐石經《爾雅》、《說文解字》、《五經文字》則作「楮，柱」，如此之例，見於《爾雅新義》凡四十條，可供校勘之資，茲表列如下〔註16〕：

《爾雅》篇章	《爾雅新義》	俗本	備註〔註17〕
〈釋詁〉	弘、……「席」，大也。	弘、……「蓆」，大也。	《經典釋文》、注疏本作「蓆」。
〈釋詁〉	訖、徽……底、「厎」、尼、定，曷、遏，止也。	訖、徽……底、「廢」、尼、定，曷、遏，止也。	雪牕本作「底」；注疏本皆作「廢」。按：《經典釋文》、石經本作「厎」；作「廢」、「底」為非。

〔註12〕見《四庫未收書提要》。

〔註13〕見（清）嚴元照〈爾雅新義跋〉，收錄於《愛日精廬藏書志》。

〔註14〕見（清）張金吾：《愛日精廬藏書志》卷七。

〔註15〕見（宋）陸佃：《爾雅新義》，（上海：上海古籍出版社，1995年3月），收錄於《續修四庫全書》，經部・小學類・第一八五冊，卷四，頁368。

〔註16〕表中相關資料乃節錄自《爾雅新義》宋大樽校語、阮元《爾雅注疏校勘記》等書而成。

〔註17〕此表中為行文之便例、簡潔，於文中將《爾雅新義》外之《爾雅》相關注疏本通稱俗本，另將相關著作簡稱如下：（一）單經本：唐石經《爾雅》簡稱「石經本」。（二）經注本：1、明吳元恭仿宋刻《爾雅經注》簡稱「吳元恭本」；2、元槧雪牕書院《爾雅經注》簡稱「雪牕本」。3、宋槧《爾雅疏》單疏本簡稱「單疏本」。（三）注疏本：1、元槧《爾雅注疏》簡稱「元槧本」；2、明閩本《爾雅注疏》簡稱「明閩本」；3、明監本《爾雅注疏》簡稱「明監本」；4、明汲古閣毛本《爾雅注疏》簡稱「汲古閣本」。

〈釋言〉	楮，柱也。	撜，拄。	石經本、元槧本、明閩本作「楮，柱也。」；明監本、汲古閣本則作「撜，拄。」，誤。
	袍，「繭」也。	袍，「襺」也。	
	「翮」，纛也。	「翿」，纛也。	按：《廣韻》「翿」注：「亦作翮。」〔註18〕
	華，皇也。	皇，華。	注疏本皆作「皇，華」，誤。
〈釋訓〉	恀恀。	恨恨。	汲古閣本作「恨恨」，誤。
	赫兮「烜」兮，威儀也。	赫兮「咺」兮，威儀也。	注疏本「烜」作「咺」。
	是刈是「穫」，「鑊」煑之也。	是刈是「濩」，「濩」煑之也。	明監本、汲古閣本上下皆作「濩」。
〈釋天〉	「四氣」和謂之玉燭。	「四時」和謂之燭。	注疏本「四氣」作「四時」，誤。
	「何」鼓謂之牽牛	「河」鼓謂之牽牛	阮元曰：「惠棟云：『何，石經補字改作河』按 唐石經、元刻作何，後刮磨作河。」
	因章曰旆，「旗旗」。	因章曰旆，「旗旐」。	阮元以為「旗」為「旐」之誤，並訂正之。然宋大樽則曰：「案：經文無旗字，宋本郭注作『旐』，然《經典釋文》云：本又作『旗』，則旗字之來亦古矣。」
〈釋地〉	中有「枳」首蛇焉。	中有「軹」首蛇焉。	雪牎本、注疏本「枳」作「軹」。
	珣「玗」琪。	珣「玕」琪。	注疏本「玗」作「玕」，誤。
〈釋丘〉	「當」途梧丘。	「堂」途梧丘。	注疏本「當」作「堂」，誤。

〔註18〕見（宋）陳彭年等修，（民國）林尹校訂：《新校正切宋本廣韻》，（臺北，黎明文化事業股份有限公司，1995 年 3 月），下平「豪韻·翿」，頁 157。

〈釋水〉	汝爲「墳」。	汝爲「濆」。	各本「墳」作「濆」。按：毛詩〈汝墳〉作「遵彼汝墳」，然三家詩則作「遵彼汝濆」，蓋所據之詩說不同而異。
	河水清且「瀾」漪。	河水清且「瀾」漪。	邢昺疏「瀾」作「瀾」。
〈釋草〉	「孟」狼尾。	「盂」狼尾	注疏本作「盂」狼尾，誤。
	「蘡」烏「蕵」	「櫻」烏「蕵」	注疏本「蘡」作「櫻」
	須「蕵」蕪	須「蕵」蕪	
	澤烏「蕵」	澤烏「蘡」	明閩本、明監本、汲古閣本「蕵」作「蘡」，誤。
	「苹」，蓱	「萍」，蓱	雪牕本、注疏本作「萍，蓱。」石經本作「苹，蓱。」
	「莩」，麻母	「荸」，麻母	注疏本「莩」作「荸」，誤。
	蒙，「王」女	蒙，「玉」女	明監本、汲古閣本「王」作「玉」，誤。
	蕭，「萩」。	蕭，「荻」。	明閩本、明監本、汲古閣本「萩」作「荻」，誤。
	「卷」施草。	「𦱳」施草。	注疏本「卷」作「𦱳」，誤。
	攫，棗含。	「攫」，棗含。	雪牕本作「攫，棗」、明監本作「檴棗」、汲古閣本作「檴棗」，皆誤。
〈釋木〉	味，莖著。	菋，莖著。	明閩本、明監本、汲古閣本「味」作「菋」。
	狄「臧」。	狄「藏」。	注疏本「臧」作「藏」，誤。
	杬魚毒	杭魚毒	注疏本「杬」作「杭」，誤。
	「痤」，接慮李。	「樫」，接慮李。	雪牕本「痤」作「樫」。明閩本、明監本、汲古閣本則作「痤」，誤。

	蹶「泄」，苦棗。	蹶「洩」，苦棗。	石經本、雪牕本、注疏本作「洩。」單疏本則作「泄。」
	「還」味，「棆」棗。	「櫃」味，「棆」棗。	按：《說文解字》「櫃」字云：「櫃味，棆棗。」，《玉篇》亦同。
	「蔽」者翳。	「弊」者翳。	按：宋大樽曰：「盧氏文弨云：『邢本亦作弊，大誤。』」
〈釋蟲〉	「蚕」莫貃	「蠶」莫貃	汲古閣本「蚕」作「蠶」，誤。
〈釋鳥〉	鶬、「麋」鴰	鶬、「麋」鴰	
	「鸉」白鷢	「楊鳥」白鷢	雪牕本、注疏本將「鸉」分為二字作「楊鳥」，誤。
	「烏」鷯醜	「鳥」鷯醜	明監本、汲古閣本則「烏」作「鳥」，誤。
〈釋畜〉	短喙，「獥猲」	短喙，「獥猲」	《經典釋文》作「獥猲」，誤。
	駂「白」駁，黃「白」皇	駂「曰」駁，黃「曰」皇	孫志祖曰：「監本白譌作曰。」〔註19〕

第二節 小學方面之價值

陸佃雅學著作中小學之貢獻，可從右文說、一名二讀、方言保存及訓釋方法等加以探討之。

一、對右文說之承繼與發揚

聲符兼義之說始見於許慎《說文解字》中「從某，某聲」、「從某某，某亦聲」，其後晉楊泉〈物理論〉有「在金曰堅，在草木曰緊，在人曰賢」之說，宋王聖美《字解》亦有「凡字，其類在左，其義在右。」〔註20〕等相似之見解。與王聖美同時的王安石則充分運用右文說之形聲字聲符寓義之特點，推求字義，而成《字說》一書，王氏云：

〔註19〕見（清）孫志祖：〈爾雅新義跋〉，收錄於《爾雅新義・附錄》，（上海：上海古籍出版社，1995年3月），收錄於《續修四庫全書》，經部・小學類・第一八五冊，頁479。

〔註20〕見（宋）沈括：《夢溪筆談》，（臺北：世界書局，1989年4月），卷十四，頁492～493。

文者，奇偶剛柔，雜比以相承，如天地之文，故謂之文。字者，始於一二而生生至於無窮，如母之字子，故謂之字。其聲之抑揚開塞，合散出入，其形之衡從曲直、邪正上下、內外左右，皆有義，皆本於自然，非人私智所能爲也。與夫伏羲八卦，文王六十四，異用而同制，相待而成《易》。先王以爲不可忽，而患天下後世失其法，故三歲一同。同之者，一道德也。秦燒《詩》、《書》，殺學士，而於是時始變古而爲隸。蓋天之喪斯文也，不然，則秦何力之能爲？余讀許愼《説文》，而於書之意，時有所悟，因序錄其說爲二十卷，以與門人所推經義附之。惜乎先王之文缺已久，愼所記不具，又多舛，而以余之淺陋考之，且有所不合。雖然，庸詎非天之將興斯文也，而以余贊其始？故其教學必自此始。能知此者，則於道德之意，已十九矣。〔註21〕

書中多從文字偏旁加以釋義，以爲形符、音符皆有意義，如：

熊，強毅有所堪能，而可以其物火之。羆亦熊類，而又強焉，然可网也。〔註22〕

又如：

鳶，屰上；鴟，氏取；隼，致一；鷦，與也；鴿，合也；雖，黑白錯；鷗，黑白間。〔註23〕

其說對陸佃雅學著作中詮釋文義多有影響，如《埤雅·鯉》曰：

鱗，鄰也，鯉，里也。〔註24〕

〔註21〕見（宋）王安石：〈熙寧字說序〉，收錄於（宋）王安石《王安石全集》，（臺北：河洛出版社，1974 年 10 月），卷八十四·序，頁 149。

〔註22〕見（宋）陸佃：《埤雅》卷三「釋獸·熊」，頁十五 A，收錄於（清）永瑢、紀昀纂修《景印文淵閣四庫全書》，（臺北：臺灣商務印書館，1986 年 3 月），第二二二冊，頁 82 下。

〔註23〕見（宋）陸佃：《埤雅》卷八「釋鳥·隼」，頁十一 A，收錄於（清）永瑢、紀昀纂修《景印文淵閣四庫全書》，（臺北：臺灣商務印書館，1986 年 3 月），第二二二冊，頁 128 上。

〔註24〕見（宋）陸佃：《埤雅》卷一「釋魚·鯉」，頁四 A，收錄於（清）永瑢、紀昀纂修《景印文淵閣四庫全書》，（臺北：臺灣商務印書館，1986 年 3 月），第二二二冊，頁 62 上。

《埤雅・麝》曰：

　　麝如小鹿，有香，故其文从鹿從射。〔註25〕

《埤雅・鶩》曰：

　　鶩一名鴨，蓋自呼其名曰鴨也。〔註26〕

又如《爾雅新義》「釋水・江爲沱」條云：

　　江之名以貢於海爲義，別而爲沱，爲有它焉。〔註27〕

《爾雅新義》「釋草・藻薦」條曰：

　　水俞之。〔註28〕

《爾雅新義》「釋獸・猱、蝯，善援」條曰：

　　猱以善援，其筋骨柔。〔註29〕

上述諸例雖於字義之詮釋或過於附會，然其運用「形聲兼義」、「聲中有義」的特性釋義，推求得名之由來；就聲音關聯去推求字詞意義關係的方法，誠屬創新之舉。

二、「二義同條」之開創

　　晉郭璞注《爾雅》時已注意並加以辨析「二義同條」的現象〔註30〕，而陸

〔註25〕見（宋）陸佃：《埤雅》卷三「釋獸・麝」，頁五A，收錄於（清）永瑢、紀昀纂修《景印文淵閣四庫全書》，（臺北：臺灣商務印書館，1986年3月），第二二二冊，頁77下。

〔註26〕見（宋）陸佃：《埤雅》卷八「釋鳥・鶩」，頁十一B，收錄於（清）永瑢、紀昀纂修《景印文淵閣四庫全書》，（臺北：臺灣商務印書館，1986年3月），第二二二冊，頁128上。

〔註27〕見（宋）陸佃：《爾雅新義》卷十一，收錄於《續修四庫全書》，經部・小學類・第一八五冊（上海：上海古籍出版社，1995年3月），頁415。

〔註28〕見（宋）陸佃：《爾雅新義》卷十二，收錄於《續修四庫全書》，經部・小學類・第一八五冊（上海：上海古籍出版社，1995年3月），頁425。

〔註29〕見（宋）陸佃：《爾雅新義》卷十九，收錄於《續修四庫全書》，經部・小學類・第一八五冊（上海：上海古籍出版社，1995年3月），頁469。

〔註30〕如郭璞於「台、朕、賚、畀、卜、陽，予也」條下注云「賚、卜、畀，皆賜與也。與猶予也，因通其名耳。《魯詩》曰：『陽如之何。』今巴濮之人自呼阿陽。」見（晉）郭璞注，（宋）邢昺疏：《爾雅注疏》，卷二「釋詁下」，（臺北：藝文印書館，

佃於《爾雅新義》卷一〈釋詁第一〉「爰、粵、于、那、都、繇，於也。」條、「台、朕、賚、畀、卜、陽，予也」條及卷二〈釋詁〉「昌、敵、彊、應、丁，當也」條下正式提出「一名而兩讀」的名稱並論及釋詞有多義性之現象，爲王引之論「二義同條」之先聲，故前人對陸佃雅學著作此論點多有稱讚，如清嚴元照言：

> （《爾雅新義》）注中爲此義爲至精，所謂先覺者也。〔註31〕

黃季剛先生則云：

> 《爾雅》有一字兩讀、一條兩解之例，實發自陸師農。「台、朕、賚、畀、卜、陽，予也」條下注云：「予亦一名而兩讀。台、朕、陽，予也；賚、畀、卜，予也。」又「昌、敵、彊、應、丁，當也」條下注云：「當，一名而兩讀。」……凡一字兩讀、一條兩解，昔之人難通其說者，並得由農師之例而得解焉，此其千慮一得。〔註32〕

三、訓釋方式之創新

陸佃於《爾雅新義》、《埤雅》二本雅學著作中，所採取之訓釋方法，略有不同：《埤雅》所重爲名物之訓釋，故解釋字義時多以義界方式，或描寫形象，或比況爲訓，或直下定義方式等方式來敘述被釋事物之特徵、大小、情事等，成爲今日編輯字、辭典時所採用的方法。如：

> 象，南越大獸，長鼻牙，望前如後，三年一乳，行孕，肉兼十牛，
> 命在其鼻，其所食物皆以鼻取之。〔註33〕

而《爾雅新義》所重爲字義之訓解，且爲「法《字說》解名物之體例而自爲新解之作」〔註34〕，故於字義訓釋中著重於同義詞之區分，如〈釋詁〉「貿、賈，

1997年）「台、朕、賚、畀、卜、陽，予也」條，頁20。

〔註31〕見嚴元照：《爾雅新義·書後》。

〔註32〕見黃季剛口述，黃焯筆記編輯：《文字聲韻訓詁筆記》，（臺北，木鐸出版社，1983年9月），「《爾雅》有一字兩讀一條兩解之例」條，頁238。

〔註33〕見（宋）陸佃：《埤雅》卷四·釋獸「象」條，收錄於（清）永瑢、紀昀纂修《景印文淵閣四庫全書》，（臺北：臺灣商務印書館，1986年3月），第二二二冊，頁86。

〔註34〕見黃復山：《王安石《字說》之研究》，（台北縣永和市：花木蘭文化出版社，2008年），收錄於《古典文獻研究輯刊》七編，第十三冊，頁93。

「市也」條下云：

> 賈，俟以賣；貿，就而買之。《詩》曰：「賈用不售。」〔註35〕

按：「貿」，《說文》曰：「易財也。」段玉裁注：「〈衞風〉：『抱布貿絲。』〈咎
繇謨〉：『貿遷有無化居。』」〔註36〕；「賈」，《說文解字》曰：「賈，市也。」
段玉裁注：「市，買賣所之也。因之凡買凡賣皆曰市。賈者，凡買賣之偁也。」
〔註37〕賈、貿二字有買賣之義。然陸佃將二者細分，以爲「賈」著重於「賣」，
而「貿」則偏重於「買」，使後人對「賈」、「貿」二字有較詳細之區分。

又如〈釋詁〉「典、彝、法、則、刑、範、矩、庸、恆、律、戛、職、秩，
常也」條下云：

> 典，邦國之常；彝，宗廟之常；法，官法之常；則，都鄙之常。〔註38〕

按：「典」，《說文解字》曰：「五帝之書也。从冊」段注：「三墳五典。」〔註39〕
《書・舜典》「愼徽五典。」孔穎達傳：「五典，五常之教也。」〔註40〕，《周
禮・天官・冢宰》云：「大宰之職，掌建邦之六典，以佐王治邦國。」〔註
41〕；「彝」，《說文解字》曰：「宗廟常器也。」段玉裁注：「彝本常器，故
引申爲彝，常。〈大雅〉『民之秉彝。』傳曰：『彝，常也。』」〔註42〕；「法」，

〔註35〕 見（宋）陸佃：《爾雅新義》卷三，收錄於《續修四庫全書》，經部・小學類・第
　　　　一八五冊（上海：上海古籍出版社，1995年3月），頁357。

〔註36〕 見（漢）許愼撰、（清）段玉裁注：《說文解字注》，（臺北，黎明文化事業股份有
　　　　限公司，1996年12月），頁284。

〔註37〕 見（漢）許愼撰、（清）段玉裁注：《說文解字注》，（臺北，黎明文化事業股份有
　　　　限公司，1996年12月），頁284。

〔註38〕 見（宋）陸佃：《爾雅新義》卷一，收錄於《續修四庫全書》，經部・小學類・第
　　　　一八五冊（上海：上海古籍出版社，1995年3月），頁344。

〔註39〕 見（漢）許愼撰、（清）段玉裁注：《說文解字注》，（臺北，黎明文化事業股份有
　　　　限公司，1996年12月），頁202。

〔註40〕 見（漢）孔安國傳，（唐）孔穎達疏：《尚書正義》，（臺北：藝文印書館，1997年），
　　　　卷三〈虞書〉，頁34。

〔註41〕 見（漢）鄭玄注，（唐）賈公彥疏：《周禮注疏》，（臺北：藝文印書館，1997年），
　　　　卷二〈冢宰〉，頁26。

〔註42〕 見（漢）許愼撰、（清）段玉裁注：《說文解字注》，（臺北，黎明文化事業股份有
　　　　限公司，1996年12月），頁669。

古作「灋」，《說文解字》曰：「刑也。」《釋名》曰：「法，偪也。偪而使有所限也。」，《周禮・天官・冢宰》云：「以八灋治官府。」賈公彥疏云：「八灋云治官府，官府，在朝廷之官府也。」〔註43〕又云：「法則，以馭其官。」〔註44〕；「則」，《說文解字》曰：「等畫物也。」段玉裁注：「等畫物者，定其差等而各爲介畫也，今俗云科則是也。介畫之，故從刀，引伸之爲法則。」〔註45〕《周禮・天官・太宰》則云：「以八則治都鄙。」鄭玄注：「都之所居曰鄙，則亦法也。典、法、則所用異，異其名也。都鄙，功卿大夫之采邑，王子弟所食邑。」〔註46〕由此可知「典」、「彝」、「法」、「則」所適用之對象有所不同，然《爾雅・釋詁》僅釋之以「常也」，未得其詳，故陸佃細分之曰：「典，邦國之常；彝，宗廟之常；法，官法之常；則，都鄙之常。」

四、漢語詞彙的保存

陸佃於雅學著作中，其訓釋方法之一即利用方言、俚俗語進行注釋之工作，故保存不少當時之語料，可供後人研究宋代漢語語音的資料來源，亦有助於對各地方言語音能有更深入的理解。茲列舉如下：

（一）方言之保存

《埤雅》、《爾雅新義》諸書雖非方言之專著，然陸氏爲詮釋之便或引用方言爲釋，如：《埤雅・卷一・釋魚・鱮》云：

> 北土皆呼白鱮。……今吳越呼鰱。……徐州人謂之鰱，或謂之鱅。

如《埤雅・卷八・釋鳥・鶩》云：

> 今俗呼「禿鶖」。

〔註43〕見（漢）鄭玄注，（唐）賈公彥疏：《周禮注疏》，（臺北：藝文印書館，1997年），卷二〈冢宰〉，頁27。

〔註44〕見（漢）鄭玄注，（唐）賈公彥疏：《周禮注疏》，（臺北：藝文印書館，1997年），卷二〈冢宰〉，頁27。

〔註45〕見（漢）許慎撰、（清）段玉裁注：《說文解字注》，（臺北，黎明文化事業股份有限公司，1996年12月），頁181。

〔註46〕見（漢）鄭玄注，（唐）賈公彥疏：《周禮注疏》，（臺北：藝文印書館，1997年），卷二〈冢宰〉，頁27。

如《埤雅・卷十・釋蟲・蠨蛸》云：

> 荊州、河內之人謂之「喜母」。

如《埤雅・卷十一・釋蟲・蚯蚓》云：

> 江東謂之「歌女」，亦曰「鳴砌」。

如《爾雅新義・卷十四・釋木》「時，櫻梅」條注云：

> 善乘時英也；柒乘木進矣。……今江淮間俗呼時，前半月爲梅，後半月爲時，豈以梅熟在前，梅熟在後歟？

凡此之屬，皆存當時方言之明證。

（二）反映宋代語音

陸佃之訓詁方法中，尚用「讀如」、「讀若」、「音」等注被釋詞之語音，故可供用爲研究宋代音韻之資料來源。如《爾雅新義・卷十》「中有枳首蛇焉」條注云：

> 枳，讀如枝。

如《爾雅新義・卷十一・釋草》「虉，菼，其紹虉」條注云：

> 其紹又失也，音跌，則所謂瓜者跌矣。

如《爾雅新義・卷十一・釋草》「藒，蘆」條注云：

> 蘆讀如苴。

如《爾雅新義・卷十四・釋木》「栲，山樆」條注云：

> 樆，音假，尚假借焉。

如《埤雅・卷一・釋魚》「鱮」條云：

> 鱮讀曰慵者，則又以其性慵弱而不健故。

如《埤雅・卷十一・釋蟲》「螻蛄」條云：

> 一曰：螻誼讀如螻蟻之螻。

（三）存留古代俗、諺語

陸佃雅學著作中爲探求事物命名之緣由，故援引俗、諺語以說明之，如《埤雅・卷七・釋鳥》「雎鳩」條云：

> 俗云：「雎鳩交則雙翔，別則立而異處。」

如《埤雅・卷七・釋鳥》「鴛鴦」條云：

> 俗云：「雄鳴曰鴛，雌鳴曰鴦。」

如《埤雅・卷九・釋鳥》「鴇」條云：

> 閩諺曰：「鴇無舌，免無脾。」

如《埤雅・卷十三・釋木》「桃」條云：

> 諺曰：「白頭種桃。」

如《埤雅・卷十六・釋草》「韭」條云：

> 諺曰「觸露不掐葵，日中不翦韭」。

如《埤雅・卷十六・釋草》「薤」條云：

> 諺曰：「葱三薤四。」

如《爾雅新義・卷十八・釋獸》「麕，大麃，牛尾，一角」條注云：

> 諺曰：「二足之美有鷮，四足之美有麃。」

第三節　增補生物物種、名稱

　　「生物」一詞，先秦時期早見錄於典籍之中，如《禮記・樂記》：「土敝則草木不長，水煩則魚鱉不大，氣衰則生物不遂。」〔註47〕此指包含動、植物、昆蟲等有生命的物種而言。《詩經》亦中存有相當數量之生物相關紀錄，如：〈蒹葭〉中所言「蒹葭蒼蒼」、〈葛覃〉云：「葛之覃兮，施于中谷，維葉萋萋。黃鳥於飛，集于灌木，其鳴喈喈。」故《論語・陽貨》曰「多識於草木鳥獸之名。」，其後如《爾雅》、《相馬經》、《禽經》、《毛詩草木鳥獸蟲魚疏》、《竹譜》等紀錄生物之相關典籍相繼問世，使後人對當時的生物認知有相當助益。

　　《埤雅》一書爲「《爾雅》之輔」、「言物性之作」，故書中就《爾雅》〈釋草〉、〈釋木〉、〈釋蟲〉、〈釋魚〉、〈釋鳥〉、〈釋獸〉、〈釋畜〉等與動、植物相關篇章，錄出相關之動植物，並補充《爾雅》所缺漏之物種，依類別不同，依序有〈釋魚〉、〈釋獸〉、〈釋鳥〉、〈釋蟲〉、〈釋馬〉、〈釋木〉、〈釋草〉等篇章，共收錄二百八十四條生物類詞條，其中動物類一百五十五條、昆蟲類三十四條、植物類

〔註47〕見（漢）鄭玄注，（唐）孔穎達疏《禮記正義》，（臺北：藝文印書館，1997 年），
　　　　卷三十八〈樂記〉，頁 681。

九十五條，〔註48〕，陸佃「不獨博涉羣書，而農父、牧夫、百工技藝，下至輿
臺皂隸，莫不諏詢，苟有所聞，必加試驗，然後紀錄。」〔註49〕故舉凡動植物
的分類、外形的描寫、生活形態、區域分佈、飼養種植方式、植物用途等皆有
詳細之說明〔註50〕，且列舉生物之古今異名、雅俗異稱以助後人對其之瞭解，
故張存曰：

> 陸氏學以說《詩》得名于時，且多識於鳥獸草木之名，其爲是書也，
> 所謂開卷有益於博約格致之學。〔註51〕

竇秀艷《中國雅學史》則云：

> 《埤雅》的體例仿《爾雅》，但又不同於此前的仿《雅》之作，它不
> 釋一般詞語，只釋物名，共釋名物詞 287 個，不但對各種名物的形
> 狀、特徵詳加介紹，還廣引各類古籍、先賢時哲之語進行論說，因
> 而所釋詞條，少則幾十字，多則上千言，形似小品文。〔註52〕

茲舉數例加以說明之，如《埤雅‧卷六》「鸛」條云：

> 鸛，形狀略如鶴，其性甘帶，每遇巨石，知其下有蛇，即於石前如
> 術士禹步，其石岋然而轉。南方里人學其法者，伺其養雛，緣木以
> 蒗緄縛其巢，鸛必作法解之，乃於木下鋪沙，印其足迹而倣學之。
> 天將雨，則長鳴而喜，蓋知雨者也。又善羣飛，薄霄激雨，雨爲之

〔註48〕夏廣興〈陸佃的《爾雅》及其學術價值〉一文中曾言：「《埤雅》記錄著大量動、
　　　植物材料，著錄動物 89 種，植物 94 種。」收錄於〈上海師範大學學報〉1994 年
　　　第 1 期，頁 67。

按：若《埤雅》各篇所錄與動物相關之內容詞條數目而言，計：〈釋魚〉有 30 條、〈釋獸〉
　　有 44 條、〈釋鳥〉有 60 條、〈釋馬〉有 15 條，〈釋蟲〉有「螣蛇、蛇、虺、蚺蛇、
　　鼠、易」等 6 條，共 155 條，故夏廣興先生所言數目似有不正確。

〔註49〕見（宋）陸宰〈埤雅‧序〉，收錄於（宋）陸佃撰、（明）胡文煥校：《埤雅》《格
　　　致叢書》本第五冊。

〔註50〕見夏武平、夏經林：〈埤雅條要〉一文，收錄於苟萃華主編，《中國科學技術典籍
　　　通彙‧生物卷》第一冊《埤雅》，（鄭州：河南教育，1993～1995），頁 171～174。

〔註51〕見（明）張存〈重刊埤雅序〉。

〔註52〕見竇秀艷：《中國雅學史》，（濟南：齊魯書社，2004 年 9 月），頁 158。按：文中
　　　「此釋名物詞 287 個」，據統計《埤雅》書中所記之條目爲 297 條，故「287」應
　　　爲 297 之誤。

散。作窠大如車輪，卵如三升杯，擇礜石以嫗卵。鸅，水鳥也，伏
卵時數入水，卵則不卵段，取礜石，周圍繞卵，以助燠氣，故方術
家以鸅燠巢中礜石爲眞物也。又泥其巢，一傍爲池，以石宿水，今
人謂之「鸅石」。飛則將之，取魚置池中，稍稍以飼其雛。……鸅知
天將雨，有見于上。

按：「鸅」於《爾雅》中未見收錄，可補《爾雅》之不足。由「鸅，水鳥也」、「形
狀略如鶴」，可知鸅此生物之外觀；「其性甘帶」、「天將雨，則長鳴而喜，
蓋知雨者也。又善羣飛」知其喜食蛇、好水、知雨則鳴之特徵；「作窠大
如車輪，卵如三升杯，擇礜石以嫗卵」則言其居住及孵卵之方法；「泥其巢，
一傍爲池，以石宿水……飛則將之，取魚置池中，稍稍以飼其雛。」言其
育雛之技巧。上述之描寫可供後人對此生物有充分之認識。

又如《埤雅·卷十》「虺」條云：

虺，狀似蛇而小，銘曰：「爲虺弗摧，爲蛇奈何？」以此故也。……
虺，一名蝮，博三寸，首大如擘。舊說蝮蛇怒時毒在頭尾，螫手則
斷手，螫尾則斷尾，蛇之尤毒烈者也。一曰蝮與虺異，虺如土色，
所在有之；蝮蛇鼻反，其上有針，錦文。眾蛇之中，此獨胎產，生
輒圻副母腹，亦有與地同色者。〔註53〕

按：就陸佃所言可知，「虺」，爬蟲類之動物，且爲蛇類中毒性最強者，「博三寸，
首大如擘」爲其外形，屬胎生，顏色爲土色。

《埤雅·卷十四·釋木》「椒」條云：

椒似茱萸而小，赤色，內含黑子如點，今謂「椒目」。木有針刺，葉
堅而滑澤，《爾雅》曰：「椒樧醜，莍；桃李醜，核。」言桃李屬皆
內核，椒樧屬皆外莍也。

按：「椒」即今花椒，其色紅，多子且子聚生成房貌，故陸佃曰「椒樧屬皆外莍
也。」

而《爾雅新義》一書中亦有描述生物外觀者，如《爾雅新義·卷十四·釋

〔註53〕按：《詩·大雅·生民》云：「誕彌厥月，先生如達，不坼不副，無菑無害。」據
此，「圻副」應爲「坼副」之誤。

木》「楙，木瓜」條注云：

> 花小而果大謂之楙，以此。今一種如木瓜而圓、無鼻，俗謂之木桃。

然《爾雅新義》中對動植物的分類、外形的描寫、生活形態、區域分佈、飼養種植方式、植物用途等，不若《埤雅》詳盡，然對異稱則多有論述，可助後人了解生物之古今名稱之別，如《爾雅新義・卷十四・釋木》「遵，羊棗」條注云：

> 今俗呼軟棗謂之遵。

如《爾雅新義・卷十四・釋木》「煮，填棗」條云：

> 今木棗也，煮使不木。

如《爾雅新義・卷十五・釋蟲》「蜇螽，蚣蝑」條云：

> 今蝗俗呼疊蟲。

如《爾雅新義・卷十六・釋魚》「蚌，含漿」條云：

> 老而產珠者，外有所採，內有所養，而後珠生焉，故日月有明，蚌有珠，有所受之也。彼蠃雖函，函在外也；彼貝雖蝛，函在外也。以蝛易含，以此言蚌不言蜃含漿，欲有半而已，據蜃小者蜌，。

按：此言蚌能生珠之特徵，並區分蚌、蜃、蜌之差異：蚌有珠、小蜃曰蜌。

> 如《爾雅新義・卷十六・釋魚》「蚹蠃，蜾蝓」條云：

> 有角虒也，觸之則縮俞也，蚹蠃以殼自裹，有時而出，一名蚭胎以此，今俗呼鮑蠃，包者也。

按：此言蝸牛亦稱蚭胎、俗稱鮑蠃，此生物有觸角、殼，觸之則縮入殼等特徵。

> 如《爾雅新義・卷十六・釋鳥》「鸀，烏鸀」條云：

> 今俗呼慈烏，所謂寒烏入水化為烏鰂，即此烏也。

第四節　載有醫藥知識

中國醫藥淵源由來以久，據《周禮》所載，可知周朝已有食醫、疾醫及瘍醫等，且已有分科之概念：「食醫：掌和王之六食、六飲、六膳、百羞、百醬、

八珍之齊。」〔註54〕、「疾醫：掌養萬民之疾病。」〔註55〕、「瘍醫：掌腫瘍、潰瘍、金瘍、折瘍之祝藥劀殺之齊。」〔註56〕並有相關之醫療書籍傳世，據《漢書・藝文志》所載，漢時已有「醫經」〔註57〕、「經方」〔註58〕著作，如《黃帝內經》、《扁鵲內經》、《五藏六府痺十二病方》、《五藏六府疝十六病方》等。漢至宋間，又陸續有《神農本草經》、《傷寒雜病論》、《千金要方》等醫書相繼問世，故陸佃博覽群書之際，亦將其對醫學典籍之見聞轉錄至雅學作品之中，此亦可供後世對傳統醫學有一定之體認，茲舉數例以說明之：

1、《埤雅・卷四・釋獸》「蝟」條云

蝟可以治胃疾。

2、《埤雅・卷四・釋獸》「麋」條云

〈月令〉仲夏曰「鹿角解」，仲冬曰「麋角解」。鹿以夏至隕角而應陰，麋以冬至隕角而應陽，《淮南子》曰「日至而麋鹿解」是也。說者以為鹿角者挾陰之陽也，故應陰而隕角；麋角者挾陽之陰也，故

〔註54〕見（漢）鄭玄注，（唐）賈公彥疏：《周禮注疏》，（臺北：藝文印書館，1997年），卷五〈天官・冢宰下〉，頁72。

〔註55〕見（漢）鄭玄注，（唐）賈公彥疏：《周禮注疏》，（臺北：藝文印書館，1997年），卷五〈天官・冢宰下〉，頁73。

〔註56〕見（漢）鄭玄注，（唐）賈公彥疏：《周禮注疏》，（臺北：藝文印書館，1997年），卷五〈天官・冢宰下〉，頁75。

〔註57〕《漢書・藝文志》載：「《黃帝內經》十八卷、《外經》三十九卷、《扁鵲內經》九卷、《外經》十二卷、《白氏內經》三十八卷、《外經》三十六卷、《旁篇》二十五卷。右醫經七家，二百一十六卷。醫經者，原人血脈經絡骨髓陰陽表裏，以起百病之本，死生之分，而用度箴石湯火所施，調百藥齊和之所宜。至齊之得，猶慈石取鐵，以物相使。」

〔註58〕《漢書・藝文志》載：「《五藏六府痺十二病方》三十卷、《五藏六府疝十六病方》四十卷、《五藏六府癉十二病方》四十卷、《風寒熱十六病方》二十六卷、《泰始黃帝扁鵲俞拊方》二十三卷、《五藏傷中十一病方》三十一卷、《客疾五藏狂顛病方》十七卷、《金創瘲瘛方》三十卷、《婦人嬰兒方》十九卷、《湯液經法》三十二卷、《神農黃帝食禁》七卷。右經方十一家，二百七十四卷。經方者，本草石之寒溫，量疾病之淺深，假藥味之滋，因氣感之宜，辯五苦六辛，致水火之齊，以通閉解結，反之於平。」

應陽而隕角。蓋鹿肉食之燠，以陽爲體也；麋肉食之寒，以陰爲體也。以陽爲體者，以陰爲末；以陰爲體者，以陽爲末。角，末也，故其應陰陽如此。《淮南子》曰「孕婦見兔而子缺脣，見麋而子四目，物有似然而似不然者。」〔註59〕麋有四目，其二，夜目也，《類從》所謂「目下有竅，夜即能視之」是也。〈藥議〉曰：「按〈月令〉，冬至麋角解，夏至鹿角解，陰陽相反如此。今人用麋、鹿茸作一種，殆疎也。又用刺麋鹿血以代茸者，云茸亦血爾，此大誤也。竊詳古人之意，凡含血之物，肉羌易長，其次角難長，最後骨難長。故人自胚胎至成人，二十年骨髓方堅。唯麋角自生至堅，無兩月之久，大者乃重二十餘斤，其堅如石，計一夜須生數兩。凡骨之頓成，生長神速無甚於此，雖草木至易生者，亦無能及之。此骨血之至強者，所以能補骨血、堅陽道、強精髓也。頭者，諸陽之會，眾陽之聚，上鍾于角，豈可與凡血爲比哉！麋茸利補陽，鹿茸利補陰。凡茸，無樂太嫩，世謂之『茄子茸』，但珍其難得爾，其實少力；堅者又太老；惟長數寸，破之肌如朽木，茸端如馬腦紅玉者最善。又北方戎狄中有麋鹿、駝鹿，極大而色蒼，尻黃而無斑，亦鹿之類，角大而有文，堅瑩如玉，其茸亦可用。」〔註60〕

按：陸佃此引《夢溪筆談・藥議》言鹿茸異於鹿血之效，並明鹿茸與麋茸之別：「麋茸利補陽，鹿茸利補陰。」，且言鹿茸最善者以「茸端如馬腦紅玉者最善」。

3、《埤雅・卷十四・釋木》「桂」條云

蘇秦曰：「楚國食貴於玉，薪貴于桂，謁者難見於鬼，王難見於帝。」蓋桂，藥之長也。凡木，葉皆一脊，惟桂三脊。桂之輩三，一曰菌桂，葉似柿葉而尖滑鮮淨，〈蜀都賦〉所謂「菌桂臨崖」者，即此桂

〔註59〕按：此引《淮南子・卷十六・說山訓》之語，然有刪節，原文作：「孕婦見兔而子缺脣，見麋而子四目。小馬大目，不可謂大馬；大馬之目眇，可謂之眇馬；物固有似然而似不然者。」

〔註60〕按：「肉羌易長」應爲「肉羌易長」之誤。見（宋）沈括：《夢溪筆談・卷二十六・藥議》。

也。二曰牡桂，葉似枇杷而大，《爾雅》所謂「梫，木桂」者，即此桂也。菌桂無骨，正圓如竹，故此云木桂也。三曰桂，舊云「葉如柏葉」者，即此桂也。皆生南海山谷間，冬夏常青，故桂林、桂嶺，皆以「桂」名也。《本草》言：「桂宣導百藥，無所畏。」又云「菌桂爲諸藥先聘通使」，故《說文》以爲百藥之長也。《莊子》曰：「桂可食，故伐之；漆可用，故割之。」言此皆以其能苦其生者也。桂猶圭也，久服通神，若服以祀，宣道諸藥，爲之先聘；若執以使，又謂之梫，能侵他木斃之。《談苑》記江南後主患清暑閣前草生，徐鍇令以桂屑布磚縫，中宿，草盡死。《呂氏春秋》云：「桂枝之下無雜木。」蓋桂味辛螫故也。然桂之殺草木，自是其性，不爲辛螫也。《雷公炮炙論》云：「以桂爲丁，以釘木中，其木即死。」一丁至微，未必能螫大木，自其性相制爾。《越絕書》曰：「人固不同，慧種生聖，癡種生狂。」桂實生桂，桐實生桐，以鯀生禹考之，殆不然矣。《異書》云：「月中有桂，下有一人常斫之，木瘡隨合。」

按：桂，又稱梫，可食，依外形不同可分菌桂、牡桂、桂三類。久服可有養神之效，並引《本草》、《說文》諸說證「桂爲百藥之長」，且以《呂氏春秋》、《楊文公談苑》、《雷公炮炙論》諸書言植物「自其性相制」之現象。

4、《埤雅・卷十五・釋草》「海藻」條云

《爾雅》曰：「薅，海藻。」如水藻而大，似髮，黑色，生深海中，陳藏器《本草》以爲：「《爾雅》所謂『綸似綸，組似組，東海有之』，正爲二藻也。」善療瘤癭。夫頸處險而癭，今汝、洛間多焉，而浙右、閩廣山嶺重阻，人鮮病之者。按：《本草》：「海藻、昆布、青苔、紫菜，皆療瘤癭結氣。」被海之邦食此，故能療之也。

按：此言海藻之外觀、生長地及具治「瘤癭結氣」之療效。

5、《埤雅・卷十六・釋草》「芣苢」條云

芣苢，一名「馬舄」，一名「車前」，一名「當道」。大葉長穗，好生牛馬跡中，故曰「馬舄」、「車前」、「當道」也。《神仙服食法》曰：「車前之實，雷之精也。」善療孕婦難產及令人有子，……按：《本

草》云：「生平澤、丘陵、阪道中。」然則一名「勝舄」，亦或謂之「陵舄」以此。《列子》曰：「若䖟爲鶉，得水爲𧎥，得水土之際，則爲䖟蠙之衣。生於陵屯，則爲陵舄。」陵舄，車前也，故或謂之「蝦蟆衣」。《韓詩傳》曰：「直曰車前，瞿曰芣苢。」蓋生於兩旁謂之「瞿」。芣從艸從不，苢從艸從㠯。芣苢，樂有子者，所以和平，然後婦人樂有子，〔註61〕則芣苢或不或㠯。按：草最易生，然他草所在或無，唯車前、卷耳所至有之，故〈芣苢〉、〈卷耳〉之詩正言此二物。蓋不如是，不足以箸志不在焉與樂有子也。

按：芣苢，因生於牛馬跡、陵屯中，故又稱「馬舄」、「車前」、「陵舄」、「當道」、「蝦蟆衣」。「大葉長穗」、「易生」爲其特徵，「善療孕婦難產及令人有子」爲其功效。

6、《埤雅·卷十八》「苓」條云

《爾雅》曰：「蘦，大苦也。」今之甘草是也。《本草》云：「一名國老，解百藥毒。安和七十二種石，一千二百種草，故號國老之名。國老者，實師之稱。」蓋要有一君，二臣、三佐、四使，苓者，又其實師也。故藥罕用者，雖非其君而君實宗焉。蔓生，葉狀似荷，少黃，莖赤有節，節間有枝相當，喜生下濕，《詩》曰「隰有苓」是也。

按：蘦即苓，又稱「甘草」、「國老」，言苓不僅味甘，且可解毒，喜生長於低濕之處，則爲「蔓生，葉狀似荷，少黃，莖赤有節，節間有枝相當」爲其外觀。

7、《埤雅·卷十八·釋草》「諼草」條云

草可以忘憂者，故曰諼草。諼，忘也。《詩》曰：「焉得諼草，言樹之背。」言以憂思不能自遣，故欲以此華樹之背也。董子曰：「欲忘人之憂，則贈之以丹棘。丹棘，一名忘憂。欲蠲人之忿，則贈之以青堂。青堂，一名合歡。」〔註62〕〈養生論〉以爲「合歡蠲忿，萱

〔註61〕按：〈詩序〉曰：「〈芣苢〉，后妃之美也。和平，則婦人樂有子焉。」

〔註62〕按：此條陸佃引崔豹《古今注·卷下·問答釋義第八》，然有刪節，原文作「欲忘人之憂，則贈以丹棘。丹棘一名忘憂草，使人忘其憂也。欲蠲人之忿，則贈之青堂，青堂一名合歡，合歡則忘忿。」

草忘憂」即此是也。亦或謂之鹿葱，蓋鹿食此草，故以名云。壺子所謂「鹿性警烈，多別良草，常食九物。」〔註63〕餌藥之人不可食鹿，以鹿常食解毒之草，是故能制散諸藥。〈內則〉辨物之不可食者，一曰鹿胃，〔註64〕胃受食之府也，則尤不可食矣。九草者：葛葉葦、鹿葱、白蒿、水芹、甘草、齊頭蒿、山蒼耳、薺苨是也。《本草》亦曰：「萱草一名鹿葱，葦名宜男。」《風土記》云：「懷妊父人佩其葦，生男也。」

按：陸德明《釋文》云：「諼，本又作萱。」故諼草，亦作宣草，一名丹棘、忘憂、鹿葱、宜男等。陸佃引《古今注》、〈養生論〉、《本草》等證之具「忘憂」、「解毒」之功效，並論及鹿常食解毒之九草：葛葉、葛葦、鹿葱、白蒿、水芹、甘草、齊頭蒿、山蒼耳、薺苨等，故服藥之人不宜食鹿肉，及鹿胃古人多不食用之因。

〔註63〕按：此條陸佃轉引唐・孫思邈於《備急千金要方》所錄壺居士之言。《本草綱目》〈獸之二・鹿〉云：「思邈曰：壺居士言鹿性多警烈，能別良草，止食葛花、葛葉、鹿葱、鹿藥、白蒿、水芹、甘草、薺、齊頭蒿、山蒼耳，他草不食，處必山岡，故產則歸下澤。饗神用其肉者，以其性烈清淨也。凡藥餌之人，久食鹿肉，服藥必不得力，爲其食解毒之草製諸藥也。」

〔註64〕按：《禮記・內則》云：「雛尾不盈握弗食，舒鴈翠，鵠鴞胖，舒鳧翠，雞肝，鴈腎，鴇奧，鹿胃。」

第十章 結 論

　　陸佃《爾雅》學之相關著作，雖古人多有穿鑿附會之譏〔註1〕，然其「一名兩讀」、考證名物、引證諸書等亦有其獨到之處，故《四庫全書總目提要》以「精鑿」、「博奧」論陸佃之學〔註2〕，竇秀艷則云：

> 北宋雅學研究，慶曆以前獨守邢《疏》，至陸佃撰《爾雅新義》及《埤雅》，一反前人盲從之風，其革新精神也是十分可嘉的。〔註3〕

今綜合前述諸章之論述，歸納其所具之意義、價值及不足處如下：

一、陸佃《爾雅》學之優點

（一）訓釋範圍廣袤

　　因其著作屬注疏及仿《爾雅》之作，故就內容觀之，所收錄之名物條目、詞語，除與《爾雅》相同部分外，尚有《爾雅》所未收錄之名物多達一百零四條為《爾雅》所闕，天文類的如雨、雲、霓、雷、電、月、斗、漢等；動物類

〔註1〕如黃季剛先生云：「惟其說經，純乎傅會，展卷以觀，令人大噱。」

〔註2〕《四庫全書總目提要》卷四十「埤雅」條云：「其說諸物，大抵略於形狀而詳於名義。尋究偏旁，比附形聲，務求其得名之所以然。又推而通貫諸經，曲証旁稽，假物理以明其義，中多引王安石《字說》。……然其詮釋諸經，頗據古義。其所援引，多今所未見之書。其推闡名理，亦往往精鑿。謂之駁雜則可，要不能不謂之博奧也。」

〔註3〕見竇秀艷：《中國雅學史》，（濟南：齊魯書社，2004年9月），頁182。

如龍、鱣、鰷、牛、象、蝟、貓、犴、孔雀、鷗鵁、蛇、虺、虯蛇、蛾、蝶、蠶、蜘蛛、螻蛄、騏、驪、黃等；植物類如穀、橘、栗、柘、蒲盧、瓜、蕳、蒬草、蒭等，此可提供後人對早期名物的瞭解與認識，及補《爾雅》不足之處。

（二）文獻徵引繁夥

陸佃《埤雅》及《爾雅新義》二書雖屬雅學之作，然爲求論證之詳實，使能言之有據，言之有物，故旁徵博引諸多文獻，單一詞條中少則引用一至二部文獻，多則達數十部，其中著作或善本、或今未見之作，且其采用之圖書遍及經、史、子、集各部，使諸多亡佚文獻得以保存至今，後人則可據以證得失；散逸不傳者，則可藉以窺其端緒，故其文獻價值不亞於《玉海》、《太平御覽》諸作，可供爲蒐輯佚書、校勘經典之參考。

（三）重視類別之歸屬

關於生物類別之區分，早見於商周時期之甲骨文字中，其以偏旁以示其動植物之類別，如將植物以草、木爲偏旁，動物則以魚、鳥、馬、牛等偏旁分之。〔註4〕至《爾雅》則分釋草、木、蟲、魚、鳥、獸、畜等七類彙集並注釋各類動植物名稱，共收有八百五十五條詞條〔註5〕，《埤雅》亦將生物類分爲七類，分別爲釋魚、獸、鳥、蟲、馬、木、草等七類，共收錄二百八十四條生物類詞條，其中動物類一百五十五條、昆蟲類三十四條、植物類九十五條。與《爾雅》相較可知，雖多數承繼著《爾雅》之分類，然《埤雅》將《爾雅》中若干誤置之分類糾正，使分類更加嚴謹、合理，如：《爾雅・釋魚》詞條中有蜥蜴、螣、蝮虺、蟒等屬爬蟲類之生物，置於〈釋魚〉誠屬不當，《埤雅》則將蜥蜴、螣、蝮虺、蟒〔註6〕易位，改置於〈釋蟲〉，此分類則較《爾雅》爲適切及更爲科學〔註7〕，又如將《爾雅・釋畜》中馬屬獨立爲〈釋馬〉，此分類則較《爾雅》爲之明確。

〔註4〕苟萃華：〈中國科學技術典籍通彙・序〉，收錄於《中國科學技術典籍通彙・生物卷》，（鄭州：河南教育，1993～1995），頁1。

〔註5〕此數乃據莊雅州先生於〈爾雅導論〉一文中所統計。收錄於莊雅州、黃靜吟註譯：《爾雅今註今譯》，（臺北：臺灣商務印書館，2012年3月），頁4。

〔註6〕《埤雅》中將「蜥蜴」作「易」、「螣」作「螣蛇」、「蝮虺」作「虺」、「蟒」作「蚺蛇」。

〔註7〕見李文澤撰：〈陸佃及其雅學諸書評述——王安石新學學派研究之二〉，收錄於《漢語史研究集刊》（第一輯），（成都：巴蜀書社，1998年7月），頁650。

（四）研究方式的創新

　　陸佃於《埤雅》、《爾雅新義》二書中遵王安石《字說》中以聲符釋義來詮釋名物之法，與傳統訓釋方法相較，文義訓釋雖屢見失眞而引來後人譏以穿鑿傅會、望文生義之語，然其論述方式之創新，確實對後人因聲求義方面之探討有啓發之效；而《爾雅新義》中「一名兩讀」之首創，則影響後世如王引之「二義不嫌同條」之見解。此外，《埤雅》一改傳統注經的方法，改以說明名物形狀、特徵、性能等的訓釋方法來詮釋名物，使《埤雅》成爲第一部動植物之專門辭典。〔註8〕

二、陸佃《爾雅》學之缺點

（一）名物解釋偶有穿鑿附會

　　陸佃之雅學作品，歷來言者多指其糅雜王安石《字說》之說，而有附會穿鑿之譏，例如陳振孫《直齋書錄解題》評《爾雅新義》云：

> （《爾雅新義》）自序以爲「雖使郭璞擁篲清道，跋望塵躅可也。」以愚觀之，大率不出王氏之學，與劉貢父所謂不徹薑食、三牛三鹿戲笑之語，殆無以大相過也。〔註9〕

胡樸安《中國訓詁學史》論《埤雅》則云：

> 《埤雅》不釋訓詁，專釋名物，或者爲未成之書與其釋名物也，大抵略於形狀，而詳於名義，尋究偏旁，比附形聲，求其得名之所以然。……但陸氏用之不愼，未免多穿鑿附會之說。蓋陸氏之學，出於王安石，故其中多引王安石《字說》，間亦引《說文解字》之說，王安石《字說》已不可靠，陸氏自己之說，更是不求證據，說以私意。〔註10〕

黃季剛《爾雅略說》中則曰：

〔註8〕見楊薇撰：〈論《埤雅》對專科辭典編纂的貢獻〉，《辭書研究》，2006年第04期，頁162、164。

〔註9〕見（宋）陳振孫：《直齋書錄解題》，（臺北：臺灣商務印書館，1978年），卷三「《爾雅新義》」條，頁83。

〔註10〕見胡樸安著：《中國訓詁學》，（臺北：臺灣商務印書館，1988年11月），頁109～112。

　　　惟其說經，存乎傅會，展卷以觀，令人大噱。〔註11〕

察其著作中確有穿鑿附會之處，例如：《爾雅新義》卷八「穀不熟爲饑」條，注云：

　　　雖饑尤可幾焉，然則去幾，蓋大饑之政。

按：「饑」，《說文解字》曰「穀不孰爲饑，从食幾聲」，〔註12〕屬形聲字，然此陸佃卻將聲符「幾」視爲義符，將其釋爲「機會」，言：雖天災流行，農作物歉收，若國家代有，則仍有可解決糧荒之機會，若不保握救荒之政，則就算是「大饑之政。」此明顯可見其附會於政治作爲之跡。

（二）文獻出處標示不明或未注出處

　　　陸佃雅學作品最爲後人所讚許者，莫過於其旁徵博引以釋名物，然其引證群書之時，或僅引其說，而未注明其出處；或僅引人名未言書名；或引書名稱不一，使後人查考不易，茲舉數例陸佃雅學著作中所見未臻完備之處，以資說明。

1、未詳注出處

　　　如《爾雅新義·卷十·釋地》「距齊州以南，戴日爲丹穴。北戴斗極爲空桐。」條注：

　　　空桐，空同山是歟；太平，藐菇射山是歟。大蒙，華胥氏之國是歟。
　　　四時常若，風雨常均，人無夭惡，物無疵厲，是之謂太平。其國無
　　　師長，自然而已；其民無嗜慾，自然而已；不知親己，不知疏物，
　　　是之謂大蒙。

按：「四時常若，風雨常均，……不知親己，不知疏物，」此語出自《列子·黃帝第二》，此處錄佃未著明出處，且此引文多有刪節且前後錯置，其原文作：「華胥氏之國在弇州之西，……其國無師長，自然而已；其民無嗜慾，自然而已。不知樂生，不知惡死，故無夭殤；不知親己，不知疏物，故無愛憎；………百姓號之，二百餘年不輟。列姑射山在海河洲中，……四時常

〔註11〕見竇秀艷：《中國雅學史》，（濟南：齊魯書社，2004 年 9 月），頁 181。
〔註12〕見（漢）許慎撰、（清）段玉裁注：《說文解字注》，（臺北：黎明文化事業股份有限公司，1996 年 12 月），頁 224。

若，風雨常均，字育常時，年穀常豐；而土無札傷，人無夭惡，物無疵厲，
鬼無靈響焉。」〔註13〕

又如《爾雅新義・卷十七・釋鳥》「春鳸，鴰鶝」條，注云：

春鳸，促民耕種；夏鳸，促民耘籽；秋鳸，收斂；冬鳸，蓋藏。四
鳸推移，分循焉，則思不出其位矣。

按：陸佃此說疑本賈逵之說，此見於《左傳・昭公十七年》：「九鳸為九農正。」
孔穎達疏：「賈逵云：『春扈分循，相五土之宜，趣民耕種者也；夏扈竊玄，
趣民耘苗者也；秋扈竊藍，趣民收斂者也；冬扈竊黃，趣民蓋藏者也。』」
〔註14〕然未見陸佃注明其引用出處。

又如：《埤雅・卷二・釋魚》「黿」條云：

黿，大鱉也。……所謂雄蟲鳴於上風，雌蟲應於下風而風化，即此
之類是也。

按：「雄蟲鳴於上風，雌蟲應於下風而風化」此見於《莊子・外篇・天運第十四》
〔註15〕，然此陸氏未著出處，且與原文亦略有不同：「雄蟲」，原文作「蟲，
雄……」；「雌蟲」，原文則無「蟲」字。

又如：《埤雅・卷十二・釋馬》「駁」條云：

文王曰：「昔者寡人夢見良人，黑色而頯，乘駁馬而偏朱蹄。」諸大
夫蹴然曰：「先君王也。」

按：此文陸佃引《莊子・外篇・田子方第二十一》之語，然未著出處，且有
所刪節，其原文作：「曰：『昔者寡人夢見良人，黑色而頯，乘駁馬而偏朱
蹄，號曰：『寓而政於臧丈人，庶幾乎民有瘳乎！』』諸大夫蹴然曰：『先

〔註13〕見（晉）張湛撰：《列子・黃帝第二》，收錄於《新編諸子集成》，（臺北：世界書
　　　局，1991年5月），第四冊，卷二，頁13～14。
〔註14〕見（晉）杜預注，（唐）孔穎達疏：《春秋左傳正義・昭公十七年》，（臺北：藝文
　　　印書館，1997年），卷四十八，頁837。
〔註15〕見（晉）郭象注、（唐）陸德明釋文、（唐）成玄英疏、（清）郭慶藩集釋：《莊子
　　　集釋》，收錄於《新編諸子集成》，（臺北：世界書局，1991年5月），第三冊，頁
　　　235。

君王也。』」〔註16〕

2、引書名稱不一

陸佃於徵引文獻時，存有體例不一之情形，以致不易查考，如：或一書多名；或同名而撰者不同之書，多未標著撰者以區別；或時標以篇名，時標以書名；或時標撰者，時標書名者等雜亂之現象。

（1）一書多名

徵引相同書籍，然名稱卻有前後不一之情狀，如《爾雅新義》中引用《春秋左氏傳》一書，時題作《春秋傳》，如卷十七〈釋鳥〉「夏鳸，竊玄。秋鳸，竊藍。冬鳸，竊黃」條注云：「《春秋》傳曰：『侵官，冒也。』」〔註17〕；時題作《左傳》，如卷十七〈釋鳥〉「狂，茅鴟」條注云：「《左傳》：『慶封氾祭穆子不說，使工爲之賦〈茅鴟〉，亦不知。』」〔註18〕

又如《埤雅》中徵引《東觀漢記》一書，時作《東觀書》，如卷十四〈釋木‧栗〉云：「《東觀書》曰：『栗駭蓬轉』」〔註19〕；時作《東觀漢記》，如卷十五〈釋草‧蓬〉云：「《東觀漢記》曰：『栗駭蓬轉，因遇際會。』」

又如《洞靈眞經》一書，時作《庚桑子》，如卷六〈釋鳥‧鳶〉云：「《庚桑子》曰：『人實鴟義而有其國』」；時則作《亢桑子》，如卷十一〈釋蟲‧蚢蠟〉云：「《亢桑子》曰：『夫俗隨國政之方圓，猶蚢蠟之於葉也，食黃則身黃，食蒼則身蒼。』」

（2）一名多書

歷代文學作品中，同名作品屢見不鮮，若徵引時未能註明作者，則易使後人無法明確判定徵引自何人所作之書，而陸佃於《爾雅》學相關著作中即有同

〔註16〕見（晉）郭象注、（唐）陸德明釋文、（唐）成玄英疏、（清）郭慶藩集釋：《莊子集釋》，收錄於《新編諸子集成》，（臺北：世界書局，1991年5月），第三冊，頁314～315。

〔註17〕《左傳‧成公十六年》：「鍼曰，書退，國有大任，焉得專之，且侵官，冒也，失官，慢也，離局，姦也，有三罪焉，不可犯也」，見（晉）杜預注，（唐）孔穎達疏：《春秋左傳正義‧成公十六年》，（臺北：藝文印書館，1997年），頁476。

〔註18〕按《左傳》中「賦」作「頌」。見（晉）杜預注，（唐）孔穎達疏：《春秋左傳正義‧襄公二十八年》，（臺北：藝文印書館，1997年），《左傳‧襄公二十八年》頁655。

〔註19〕此語見於《東觀漢記》卷二十二，云：「太史官曰：『栗駭蓬轉，因遇際會。』」

名而撰者不同之書，未標注撰者以區別之例。如《爾雅新義》中卷七〈釋器〉「肉謂之敗，魚謂之餒」條，注云：「《春秋傳》曰：『內不言敗，言戰乃敗矣。』又曰：『梁亡魚爛而亡也。』」；卷十六〈釋魚〉「鯦，當魱」條，注云：「《春秋傳》曰：『南史聞太史盡死，執簡以往。』」〔註20〕；卷十八〈釋獸〉「猶如麂，善登木」條，注云：「《春秋傳》曰：『猶之為言，可以已也。』」

按：「內不言敗，言戰乃敗矣。」出於《春秋公羊傳・桓公十二年》〔註21〕；「梁亡魚爛而亡也。」出於《春秋公羊傳・僖公十九年》〔註22〕；「南史聞太史盡死，執簡以往。」出於《春秋左氏傳・襄公二十五年》；「猶之為言，可以已也。」出於《春秋穀梁傳・文公六年》。同一《春秋傳》之名，卻分指不同之典籍，如此則易造成判讀之混淆。

（3）時標撰者，或標書名者

如《楚辭》一書，《埤雅》卷五〈釋獸・狗〉僅錄作者，曰：「屈子曰：『邑犬群吠，吠所怪也。』」〔註23〕而卷十七〈釋草・菡萏〉則標以書名，曰：「《楚辭》所謂『搴芙蓉兮木末。』」又如《呂氏春秋》一書，《埤雅》卷四〈釋獸・猴〉僅錄作者之名，曰：「呂子曰：『狗似玃，玃似母猴，母猴似人。』」〔註24〕而卷十三〈釋木・柚〉則標之以書名，曰：「《呂氏春秋》曰：『果之美者，有雲夢之柚。』」

又如《爾雅新義》卷十七「鶺鶺，比翼」條下注引《公羊傳》時，僅以作者標之，云：「公羊子曰：『所謂其諸為雙雙而俱至者歟？』然卷十三〈釋草〉「唐蒙、女蘿、兔絲」條下注則標以《春秋傳》，曰：「《春秋傳》曰『遇者何？不期也。一君出，一君要之也。』」〔註25〕

〔註20〕 按：「南史」後脫「氏」字。

〔註21〕 《春秋公羊傳・桓公十二年》作「內不言戰」，「敗」應為「戰」之誤。

〔註22〕 按：此語有所刪節，其原文《春秋公羊傳・桓公十二年》曰：「六、梁亡。此未有伐者，其言梁亡何？自亡也。其自亡奈何？魚爛而亡也。」

〔註23〕 此語見於《楚辭・九章・懷沙》。

〔註24〕 此語見於《呂氏春秋・察傳》。

〔註25〕 此語見於《公羊傳・隱公四年》，云：「夏，公及宋公遇於清。遇者何？不期也。一君出，一君要之也。」

（4）時標以篇名，時標以書名

例如《埤雅》卷四〈釋獸・狼〉引用《禮記》時，僅云「〈玉藻〉曰：『君之右虎裘，厥左狼裘』」，而於卷十三〈釋木・梅〉引用《禮記・仲尼燕居》時，則以書名云「《記》曰：『夔其窮與？』」。又如《爾雅新義》引用《尚書》時，卷十一〈釋水〉「河出崑崙虛色白」條引《尚書》時僅標以篇名，曰：「〈禹貢〉曰：『導河積石』」；而卷十「畢，堂牆」下注，引《尚書》則標以書名曰：「《書》曰：『厥父基，厥子乃弗肯堂，矧肯構？』」〔註26〕

3、引文多有刪節、錯置

陸佃徵引書籍時，或為求簡潔，或僅取符合己說之例而對原文有所刪節；除此，亦可見有文句前後顛倒錯置之訛誤，如《埤雅・卷十三・釋木・楊》：「《易》曰：『枯楊生華』、『枯楊生稊』，蓋楊性堅勁，雖生棟，不撓。……〈象〉曰：『大過，棟橈，本末弱也。』」

按：此引自《周易・大過》，此引文有所刪節且錯置，原文作：「象曰：大過，大者過也。棟橈，本末弱也。……九二：枯楊生稊，老夫得其女妻，無不利。……九五：枯楊生華，老婦得士夫，無咎無譽。」〔註27〕。

如《爾雅新義》卷十二〈釋草〉「須，薞蕪」條，注云：「《周官》曰：『諸公之地五百里，其食者半。』」

按：此引自《周官・地官・司徒》，此文有所刪節，原文作：「凡建邦國，以土圭土其地而制其域：諸公之地，封疆方五百里，其食者半。」

又如《埤雅》卷十七〈釋草・葵〉曰：「《齊民要術》曰：『今世葵有紫莖、白莖二種，春必畦種、水澆，而冬種者：有雪，勿令從風飛去，勞雪令地保澤，葉又不蟲。掐，必待露解；收待霜降。傷晚則黃爛，傷早則黑澀。』」

按：此引文出自《齊民要術・卷三・種葵》，然引文中多有多有刪節及錯置之處，其原文則作：「今世葵有紫莖、白莖二種，種別復有大小之殊。又有鴨腳葵也。臨種時，必燥曝葵子。葵子雖經歲不渰，然濕種者，疥而不肥也。地

〔註26〕 按：「厥父基」三字疑為衍文，《尚書・大誥》作：「『昔朕其逝，朕言艱日思。若考作室，既底法，厥子乃弗肯堂，矧肯構？厥父菑，厥子乃弗肯播，矧肯獲』」

〔註27〕 見（魏）王弼、韓康伯注，（唐）孔穎達正義，《周易注疏》卷三・「大過」，（臺北：藝文印書館，1997年），收錄於《十三經注疏》第一冊，頁71。

不厭良，故壚彌善，薄即糞之，不宜妄種。<u>春必畦種、水澆</u>。……掐秋榮，必留五六葉。不掐則莖孤；留葉多則科大。凡<u>掐，必待露解</u>。諺曰：『<u>觸露不掐葵，日中不剪韭</u>。』……<u>收待霜降</u>。<u>傷早黃爛，傷晚黑澀</u>。榜簇皆須陰中。見日亦澀。其碎者，割訖，即地中尋手糾之。待萎而糾者必爛。……又<u>冬種葵法</u>：……十月末，地將凍，漫散子，唯概為佳。畝用子六升。散訖，即再勞。<u>有雪，勿令從風飛去，勞雪令地保澤，葉又不蟲。每雪，輒一勞之</u>。」

4、誤書篇名、作者

如《埤雅》卷十七·〈釋草·芹〉條曰：「〈泮宮〉曰：『思樂泮水，薄采其芹。』」

按：此應出自《詩經·魯頌·泮水》。

如卷十五〈釋草·蘩〉曰：「《云先經》曰：『白蒿，白兔食之，仙。』」

按：宋·李時珍《本草綱目·草部·第十五卷·茵陳蒿》及清·孫星衍《神農本草經·卷一·上經·茵陳》曾引陶弘景之說，云：「《仙經》云：『白蒿，白兔食之，仙。』」故由此推之，此《埤雅》所云《云仙經》應為《仙經》之誤。

又如《埤雅》卷十一〈釋蟲·螗〉條曰「鄒陽〈柳賦〉以為『蜩螗厲響，蜘蛛吐絲。』」

按：《西京雜記·卷四》載：「梁孝王遊於忘憂之館。集諸遊士各使為賦。枚乘為〈柳賦〉，其辭曰：『忘憂之館，垂條之木。……。蜩螗厲響，蜘蛛吐絲。階草漠漠，白日遲遲。』」，故由此可知「蜩螗厲響，蜘蛛吐絲」此出於枚乘之筆，而非鄒陽之作〔註28〕。

（三）詞條整併有不當

《爾雅新義》一書為闡釋《爾雅》之「微言奧旨」，故於每卷中首列《爾雅》之條目，於次行低一格則加以闡述己之見解。然陸佃於《爾雅》之條目呈現，與郭璞注《爾雅》之分句有別，多依性質異同以自己之見解加以歸併或拆分條目，以求與《爾雅》、郭注等之異，達其創新之效，然此種歸併方式雖有其獨到

〔註28〕見（漢）劉歆：《西京雜記·卷四·梁孝王遊於忘憂館》條。

之見解，然亦有不當之例，如《爾雅・釋蟲》：「蟓，蚚，螼蠶」、「莫貈，蟷蜋，蚚」、「虹蛏，負勞」；《爾雅新義・卷第十五・釋蟲》則作「蟓，蚚，螼」、「蠶。莫貈」、「蟷蜋，蚚，虹」、「蛏，負勞。」〔註29〕

按：歷來之各本皆以「蟓蚚，螼蠶」、「莫貈，蟷蜋，蚚」、「虹蛏，負勞」為句，然揚雄《方言・第十一》曰：「蟷蜋謂之髦，或謂之虹，或謂之蚚蚚。」陸氏於此將「虹」合於「蚚」之下，合為「蟷蜋，蚚，虹」，似有所本；另「蛏」，《說文》曰：「蛏，丁蛏，負勞也」〔註30〕，於《廣韻》處則注曰「虹蛏」〔註31〕，故以「蛏，負勞」為句，可視為之為「新義」。〔註32〕然蟓字多與蠶字合用，如《說文》曰：「蟓也」，段注：「〈釋蟲〉曰：『蟓，蚚，螼蠶。』許謂蟓也，蚚也，螼蠶也。一物三名也」〔註33〕，又如《玉篇》則云：「螼蠶」，另「蠶」為蠶之異體字，《說文》曰：「任絲蟲」〔註34〕，而「莫貈」為蟷蜋，兩屬性不同，放至同一詞條，似屬不當，故「蟓，蚚，螼」、「蠶，莫貈」之分法則未能成說，似有所不當。

（四）文字之訛誤

歷代書籍於撰寫、傳抄過程中，文字的舛訛而造成解讀典籍之誤或不便，此為常見之例，陸佃之著作亦可見訛字缺失，如：《埤雅》卷五〈釋獸・豕〉云：「〈賦〉曰：『置牙擺牲。』」

按：此出於漢・張衡〈西京賦〉，而「牙」應為「互」之誤。原文作：「置互擺

〔註29〕見《爾雅新義・卷第十五・釋蟲》，收錄於《續修四庫全書》，經部・小學類・第一八五冊（上海：上海古籍出版社，1995年3月），頁445～446。

〔註30〕見（漢）許慎撰、（清）段玉裁注：《說文解字注》，（臺北，黎明文化事業股份有限公司，1996年12月），頁671。

〔註31〕見（宋）陳彭年等撰，余迺永校著：《新校互校宋本廣韻》，（上海：上海辭書出版社，2000年7月），頁195。

〔註32〕翟灝《爾雅補郭》亦有相似之說法，曰：「『虹蛏，負勞』郭氏以此四字為一科，本自《說文》，揚雄《方言》乃云：『蟷蜋謂之虹』，則虹宜合上蟷蜋蚚，而此以蛏，負勞三字為科矣」。

〔註33〕見（漢）許慎撰、（清）段玉裁注：《說文解字注》，（臺北，黎明文化事業股份有限公司，1996年12月），頁670。

〔註34〕見（漢）許慎撰、（清）段玉裁注：《說文解字注》，（臺北，黎明文化事業股份有限公司，1996年12月），頁681。

牲。」

又如《埤雅》卷十六〈釋草・菘〉云：「《本草》以爲：『交耐霜雪也』。」
按：南朝・梁陶弘景《本草經集注・果菜米谷有名無實・菜部藥物・上品》云：
「菜中有菘，最爲恆食，性和利人，無餘逆忤，今人多食。如似小冷，而
又耐霜雪。」故「交」應爲「又」之誤。

引用文獻

一、陸佃著作（依出版刊刻時代先後排序）

1. 《埤雅》，臺北：臺灣商務印書館景印文淵閣《四庫全書》本，1983 年。

2. 《鶡冠子注》，臺北：臺灣商務印書館景印文淵閣《四庫全書》本，1983 年。

3. 《陶山集》，臺北：臺灣商務印書館景印文淵閣《四庫全書》本，1983 年。

4. 《爾雅新義》，上海：上海上海古籍出版社《續修四庫全書》據清嘉慶十三年（1808）陸氏三間草堂刻本影印，1995 年。

二、古籍（採四部分類法排序）

（一）經部

易類

1. 《周易正義》，（魏）王弼、（晉）韓康伯注、（唐）孔穎達等正義、（清）阮元校勘臺北：藝文印書館《十三經注疏》影清嘉慶間阮元校勘本，1997 年。

書類

1. 《尚書正義》，（漢）孔安國傳，（唐）孔穎達等正義、（清）阮元校勘，臺北：藝文印書館《十三經注疏》影清嘉慶間阮元校勘本，1997 年。

2. 《古今尚書辨偽》，（清）崔述撰，臺北：世界書局，1963 年。

3. 《古今偽書考》，（清）姚際恆撰，臺北：世界書局，1963 年。

詩類

1. 《毛詩正義》，（漢）毛公傳、鄭玄箋、（唐）孔穎達正義、（清）阮元校勘，臺北：

藝文印書館《十三經注疏》影清嘉慶間阮元校勘本，1997 年。

2. 《韓詩外傳集釋》，（漢）韓嬰撰、許維遹校釋，北京：中華書局，2005 年。

3. 《毛詩古音考》，（明）陳第撰、康瑞琮點校，北京：中華書局，2008 年。

4. 《毛詩傳箋通釋》，（清）馬瑞辰撰，臺北：廣文書局，1980 年。

禮類

1. 《周禮注疏》，（漢）鄭玄注、（唐）賈公彥疏、（清）阮元校勘臺北：藝文印書館
《十三經注疏》影清嘉慶間阮元校勘本，1997 年。

2. 《儀禮注疏》，（漢）鄭玄注、（唐）賈公彥疏、（清）阮元校勘臺北：藝文印書館
《十三經注疏》影清嘉慶間阮元校勘本，1997 年。

3. 《禮記正義》，（漢）鄭玄注、（唐）孔穎達等正義、（清）阮元校勘臺北：藝文印
書館《十三經注疏》影清嘉慶間阮元校勘本，1997 年。

4. 《周禮漢讀考》，（清）段玉裁撰，臺北：大化書局《段玉裁遺書》本，1977 年。

5. 《五禮通考》，（清）秦蕙田撰，臺北：臺灣商務印書館景印文淵閣《四庫全書》
本，1986 年。

春秋類

1. 《春秋公羊傳注疏》，（漢）何休注、（唐）徐彥疏、（清）阮元校勘臺北：藝文印
書館《十三經注疏》影清嘉慶間阮元校勘本，1997 年。

2. 《春秋左傳正義》，（晉）杜預注、（唐）孔穎達等正義、（清）阮元校勘，臺北：
藝文印書館《十三經注疏》影清嘉慶間阮元校勘本，1997 年。

3. 《春秋穀梁傳注疏》，（晉）范甯注、（唐）楊士勛疏、（清）阮元校勘臺北：藝文
印書館《十三經注疏》影清嘉慶間阮元校勘本，1997 年。

4. 《春秋考異郵》，（清）黃奭輯，臺北：藝文印書館《叢書集成・三編》影印本，
1972 年。

五經總義類

1. 《經典釋文》，（唐）陸德明撰，上海：上海古籍出版社，1985 年。

2. 《經義考》，（清）朱彝尊撰，臺北：臺灣商務印書館景印文淵閣《四庫全書》本，
1986 年。

四書類

1. 《孟子注疏》，（漢）趙岐注、（宋）孫奭疏、（清）阮元校勘臺北：藝文印書館《十
三經注疏》影清嘉慶間阮元校勘本，1997 年。

小學類

1. 《方言》，（漢）揚雄撰，（晉）郭璞注，臺北：臺灣商務印書館，1965 年。

2. 《說文解字注》，（漢）許慎撰、（清）段玉裁注，臺北：黎明文化事業股份有限
公司，1996 年。

3. 《爾雅注疏》，（晉）郭璞注、（宋）邢昺疏、（清）阮元校勘臺北：藝文印書館《十

三經注疏》影清嘉慶間阮元校勘本，1997 年。

4. 《集韻》，（宋）丁度等編，臺北：學海出版社，1986 年。

5. 《新校正切宋本廣韻》，（宋）陳彭年等修、（民國）林尹校訂，臺北：黎明文化事業股份有限公司，1995 年。

6. 《新校互校宋本廣韻》，（宋）陳彭年等撰、余迺永校著，上海：上海辭書出版社，2000 年。

7. 《雅學考》（清）胡元玉撰，上海：上海古籍出版社，1995 年。

8. 《小學考》，（清）謝啟昆撰，上海：漢語大詞典出版社，1997 年。

9. 《爾雅釋例》，（清）陳玉澍撰，湖北：湖北教育出版社《爾雅詁林》本，1998 年。

（二）史部

正史類

1. 《史記會注考證》，（漢）司馬遷撰、（日本）瀧川龜太郎考證，臺北：宏業書局有限公司，1990 年。

2. 《漢書補注)》，（漢）班固撰、（唐）顏師古注、（清）王先謙補注，臺北：藝文印書館《二十五史》景印清乾隆武英殿刊本，1996 年。

3. 《後漢書集解》，（南朝宋）范曄撰、（唐）章懷太子賢注、（梁）劉昭補志、（清）王先謙集解，臺北：藝文印書館《二十五史》影印清乾隆武英殿刊本，1996 年。

4. 《三國志集解》，（晉）陳壽撰，（南宋）裴松之注，（南宋）盧弼集解，臺北：藝文印書館《二十五史》景印清乾隆武英殿刊，1996 年。

5. 《晉書斠注》（唐）房玄齡撰，吳士鑑、劉承幹注　臺北：藝文印書館《二十五史》影印清乾隆武英殿刊本，1996 年。

6. 《南齊書》，（南朝梁）蕭子顯撰，臺北：藝文印書館《二十五史》影印清乾隆武英殿刊本，1996 年。

7. 《梁書》（唐）姚思廉撰，臺北：藝文印書館《二十五史》影印清乾隆武英殿刊本，1996 年。

8. 《魏書》（北齊）魏收撰，臺北：藝文印書館《二十五史》影印清乾隆武英殿刊本，1996 年。

9. 《隋書》（唐）魏徵撰，臺北：藝文印書館《二十五史》影印清乾隆武英殿刊本1996 年。

10. 《南史》，（唐）李延壽撰，臺北：藝文印書館《二十五史》影印清乾隆武英殿刊本，1996 年。

11. 《舊唐書》，（後晉）劉昫撰，臺北：藝文印書館《二十五史》影印清乾隆武英殿刊本，1996 年。

12. 《新唐書》（宋）歐陽修等撰，臺北：藝文印書館《二十五史》影印清乾隆武英殿刊本，1996 年。

13. 《宋史》（元）脫脫等撰，臺北：藝文印書館《二十五史》影印清乾隆武英殿刊本，1996 年 8 月。

14. 《明史》，（清）張廷玉等撰，臺北：藝文印書館《二十五史》影印清乾隆武英殿刊本，1996 年。

15. 《漢書疏證》，（清）沈欽韓撰，上海：上海古籍出版社《續修四庫全書》本，1995 年。

編年類

1. 《皇朝編年綱目備要》，（宋）陳均編，許沛藻等點校，北京：中華書局，2006 年。

2. 《資治通鑑外紀》，（宋）劉恕撰，臺北：臺灣商務印書館《四庫全書珍本》影印本。

別史類

1. 《東都事略》，（宋）王偁撰，臺北：中央圖書館，1991 年。

雜史類

1. 《國語集解》，徐元誥撰、王樹民、沈長雲點校，北京：中華書局，2002 年。

2. 《戰國策》，（漢）劉向編、（漢）高誘注，臺北：臺灣中華書局，1974 年。

傳記類

1. 《宋元學案》，（清）黃宗羲輯，全祖望訂補，馮雲濠、王梓材校正，上海：上海古籍出版社，1997 年。

2. 《宋元學案補遺》（清）王梓材、馮雲濠同撰、張壽鏞校補，臺北：世界書局，1963 年。

地理類

1. 《全校水經注》，（北魏）酈道元注、（清）全祖望校，北京：北京出版社《四庫未收書輯刊》本，2000 年。

2. 《山海經箋疏》，（晉）郭璞撰、（清）郝懿行箋疏，上海：上海古籍出版社《續修四庫全書》據清嘉慶十四年阮氏琅環仙館本影印，2006 年。

3. 《大清一統志》，（清）和珅等奉敕撰臺北：臺灣商務印書館景印文淵閣《四庫全書》本，1986 年。

4. 《浙江通志》，（清）嵇曾筠等監修、（清）沈翼機等編纂，臺北：臺灣商務印書館景印文淵閣《四庫全書》本，1986 年。

政書類

1. 《文獻通考》，（宋）馬端臨撰，臺北：臺灣商務印書館景印文淵閣《四庫全書》本，1986 年。

2. 《續文獻通考》，（明）王圻撰，北京：中華書局《宋元明清書目題跋叢刊》據明萬曆三十年（1602）松江府刻本影印，2006 年。

目錄類

1. 《郡齋讀書志校證》，（宋）晁公武撰、孫猛校證，上海：上海古籍出版社，2011年。

2. 《郡齋讀書後志》，（宋）趙希弁續輯，臺北：臺灣商務印書館景印文淵閣《四庫全書》本，1986年。

3. 《直齋書錄解題》，（宋）陳振孫撰，臺北：臺灣商務印書館，1978年。

4. 《子略》，（宋）高似孫撰，臺北：新文豐出版公司《叢書集成新編》本，1986年。

5. 《崇文總目》，（宋）王堯臣、王洙、歐陽修等奉敕撰，臺北：臺灣商務印書館景印文淵閣《四庫全書》本，1986年。

6. 《遂初堂書目》，（宋）尤袤撰，北京：中華書局《宋元明清書目題跋叢刊》本，2006年。

7. 《中興館閣書目輯考》，（宋）陳騤等撰，趙士煒輯考，北京：現代出版社《中國歷代書目叢刊》，1987年。

8. 《元西湖書院重整書目》，（元）胡師安等撰，北京：中華書局《宋元明清書目題跋叢刊》影抄本，2006年。

9. 《秘閣書目》，（明）錢溥錄，北京：中華書局《宋元明清書目題跋叢刊》影鈔本，2006年。

10. 《國史經籍志》，（明）焦竑撰，北京：中華書局《宋元明清書目題跋叢刊》影鈔本，2006年。

11. 《授經圖義例》，（明）朱睦㮮撰，臺北：臺灣商務印書館景印文淵閣《四庫全書》本，1986年。

12. 《五十萬卷樓藏書目錄初編》，（清）莫伯驥撰，北京：中國書店《海王邨古籍書目題跋叢刊》影印一九三六年東莞莫培元等鉛印本，2008年。

13. 《八千卷樓書目》，（清）丁立中撰，北京：中國書店《海王邨古籍書目題跋叢刊》影印一九二三年錢塘丁仁聚珍仿宋版印本，2008年。

14. 《上善堂宋元板精抄舊抄書目》，（清）孫從添撰，北京：北京圖書館出版社《宋元版書目題跋輯刊》影印民國十一年陳乃乾抄本 2003年。

15. 《天祿琳琅書目》，（清）于敏中、彭元瑞等撰，上海：上海古籍出版社《中國歷代書目題跋叢書》本，2007年。

16. 《天祿琳琅書目後編》，（清）于敏中、彭元瑞等撰，上海：上海古籍出版社中國歷代書目題跋叢書》本，2007年。

17. 《日本訪書志補》，（清）楊守敬撰，曾夢陽、丁曉山整理、謝承仁主編，武漢：湖北人民出版社《楊守敬全集》，1988年。

18. 《古今偽書考》，（清）姚際恆撰，北京：中華書局，1985年。

19. 《宋元本書目行格表》，（清）江標撰，北京：北京圖書館出版社《宋元版書目題跋輯刊》據清光緒二十三年江標刻本影印，2003年。

20. 《宋元舊本書經眼錄》，（清）莫友芝撰，北京：中國書店影印清同治十二年（1873）獨山莫繩孫刻《影山草堂六種》本，2008 年。

21. 《宋史藝文志廣編》楊家駱編，臺北：世界書局，1963 年。

22. 《季滄葦藏書目》，（清）季振宜撰，北京：中國書店影印清嘉慶十年（1805）吳縣黃丕烈刻《士禮居黃氏叢書》本，2008 年。

23. 《抱經樓藏書志》，（清）沈德壽撰，北京：中華書局《清人書目題跋叢刊》影抄本，1990 年。

24. 《南宋制撫年表》，（清）吳廷燮撰，張忱石點校，北京：中華書局，1984 年。

25. 《郋園讀書志》，（清）葉德輝撰，北京：中國書店影印一九二八年長沙葉啟發等上海澹園鉛印本，2008 年。

26. 《書目答問補正》，（清）張之洞撰、范希曾補正，臺北：漢京文化事業有限公司，2004 年。

27. 《涵芬樓燼餘書錄》，（清）張元濟撰，北京：學苑出版社《古書題跋叢刊》本，2009 年。

28. 《善本書室藏書志》，（清）丁丙撰，北京：中華書局《清人書目題跋叢刊》本，1990 年。

29. 《寒瘦山房鬻存善本書目》，（清）鄧邦述撰，北京：中國書店影印一九三〇年江寧鄧邦述刻本，2008 年。

30. 《欽定四庫全書總目》，（清）永瑢、紀昀等撰，臺北：臺灣商務印書館景印文淵閣《四庫全書》本 1986 年。

31. 《皕宋樓藏書志》，（清）陸心源編，北京：中華書局《清人書目題跋叢刊》本，1990 年。

32. 《結一廬藏宋元本書目》，（清）朱學勤撰，北京：北京圖書館出版社《宋元版書目題跋輯刊》據清光緒二十一年葉氏長沙《觀古堂書目叢刻》本影印，2003 年。

33. 《詒莊樓書目》，（清）王修撰，北京：商務印書館影印民國十九年（1930）長興王氏鉛印本，2005 年。

34. 《適園藏書志》，（清）張鈞衡撰，北京：中國書店《海王邨古籍書目題跋叢刊》影印一九一六年南林張鈞衡家塾刻本，2008 年。

35. 《鄭堂讀書記補逸》，（清）周中孚撰，北京：中華書局《宋元明清書目題跋叢刊》影鈔本，2006 年。

36. 《嬰闇題跋》，（清）秦更年撰，北京：學苑出版社《古書題跋叢刊》影印一九五九年上海油印本，2009 年。

37. 《藏園訂補郘亭知見傳本書目》，（清）莫友芝撰，傅增湘訂補，北京：中華書局，1993 年。

38. 《藝風堂藏書記》，（清）繆荃孫撰，上海：上海古籍出版社《中國歷代書目題跋叢書》本，2007 年。

39. 《觀古堂藏書目》，（清）葉德輝撰，北京：中國書店影印一九二七年長沙葉德輝

觀古堂鉛印本《海王邨古籍書目題跋叢刊》，2008 年。

40. 《兩浙古刊本考》，（清）王國維撰，北京：北京圖書館據 1940 年商務印書館《海寧王靜安先生遺書》本影印，2003 年。

41. 《著硯樓書跋》，潘景鄭撰，上海：上海古籍出版社《中國歷代書目題跋叢書》，本，2006 年。

42. 《虛靜齋宋元明本書目》，孫祖同藏並編，北京：商務印書館影印《中國著名藏書家書目匯刊》1960 年油印本，國家圖書館藏，2005 年。

43. 《經籍訪古志》，（日本）森立之撰，北京：中國書店《海王邨古籍書目題跋叢刊》影印清光緒十一年（1885）徐承祖鉛印本，2008 年。

（三）子部

儒家類

1. 《新序校釋》，（漢）劉向編、石光瑛校釋、陳新整理，北京：中華書局，2001 年。

2. 《新書》，（漢）賈誼撰，臺北：世界書局《增訂中國學術名著第一輯》，1958 年。

3. 《孔子家語》，（三國·魏）王肅注，臺北：世界書局，1996 年。

4. 《黃氏日抄》，（宋）黃震撰臺北：臺灣商務印書館景印文淵閣《四庫全書》本，1986 年。

5. 《洙泗考信錄》，（清）崔述撰，臺北：世界書局，1963 年。

6. 《家語證僞》，（清）范家相撰，上海：上海古籍出版社《續修四庫全書》，1995 年。

法家類

1. 《韓非子集解》，（清）王先慎撰臺北：世界書局1991 年。

藝術類

1. 《宣和書譜》，（宋）不著撰人，臺北：新文豐出版社《叢書集成新編》影印本，2008 年。

類書類

1. 《皇朝類苑》，（宋）江少虞撰，臺北：文海出版社，1981 年。

2. 《玉海》，（宋）王應麟撰，臺北：臺灣商務印書館景印文淵閣《四庫全書》本1986 年。

3. 《事類賦》，（宋）吳淑撰，臺北：臺灣商務印書館景印文淵閣《四庫全書》本1986 年。

4. 《群書考索》，（宋）章如愚撰，臺北：臺灣商務印書館景印文淵閣《四庫全書》本，1986 年。

譜錄類

1. 《竹譜》，（劉宋）戴凱之撰，臺北：新文豐出版公司《叢書集成新編》影印本，

1986 年。

2. 《筍譜》，（宋）釋贊寧編，臺北：新文豐出版公司《叢書集成新編》影印本，1986 年。

3. 《洛陽牡丹記》，（宋）歐陽修撰，臺北：新文豐出版社《叢書集成新編》影印本，1986 年。

雜家類

1. 《慎子》，（周）慎到撰、（清）錢熙祚校，臺北：世界書局，1991 年。

2. 《呂氏春秋》，（漢）高誘注、（清）畢沅校，臺北：世界書局《新編諸子集成》本，1991 年。

3. 《風俗通義校注》，（漢）應劭撰、王利器校注，臺北：漢京文化事業有限公司 2004 年。

4. 《淮南子》，（漢）高誘注，臺北：世界書局，1996 年。

5. 《古今注》，（晉）崔豹撰，臺北：新文豐出版公司《叢書集成新編》影印本，1986 年。

6. 《鬼谷子》，（唐）長孫無忌撰，臺北：世界書局，1996 年。

7. 《朱熹辨偽書語》，（宋）朱熹撰，臺北：世界書局，1979 年。

8. 《夢溪筆談》，（宋）沈括撰，臺北：世界書局，1989 年。

9. 《校訂困學紀聞集證》，（宋）王應麟撰，閻若璩，何焯，全祖望等校補，北京：學苑出版社《清代學術筆記叢刊》本，2005 年。

10. 《西溪叢語》，（宋）姚寬撰，孔凡禮點校，北京：中華出版，1993 年。

11. 《習學記言序目》，（宋）葉適撰，北京：中華書局，1977 年。

12. 《老學庵筆記》，（宋）陸游撰，臺北：臺灣商務印書館景印文淵閣《四庫全書》本，1986 年。

13. 《鶴林玉露》，（宋）羅大經撰，北京：中華書局《唐宋史料筆記叢刊》本，1997 年。

14. 《井觀瑣言》，（明）鄭瑗撰，臺北：新文豐出版公司《叢書集成初編》影印本，1986 年。

15. 《古言》，（明）鄭曉撰，台南：莊嚴文化事業有限公司影印《四庫全書存目叢書》明嘉靖 45 年項篤壽刻本，1996 年。

16. 《四部正譌》，（明）胡應麟撰，臺北：臺灣開明書店，1969 年。

17. 《古夫于亭雜錄》，（清）王士禛撰，臺北：臺灣商務印書館景印文淵閣《四庫全書》本，1986 年。

18. 《讀書雜識》，（清）勞格撰，上海：上海古籍出版社《續修四庫全書》據清光緒四年刻本影印 2006 年。

19. 《東塾讀書記》，（清）陳澧撰，北京：學苑出版社影印廣州鎔經鑄史齋刊本 2005 年。

小說家類

1. 《西京雜記》，（漢）劉歆撰、（晉）葛洪輯　臺北：臺灣商務印書館景印文淵閣《四庫全書》本，1986 年。

2. 《述異記》（南朝梁）任昉撰，臺北：臺灣商務印書館景印文淵閣《四庫全書》本 1986 年。

3. 《酉陽雜俎》，（唐）段成式撰，臺北：新文豐出版公司《叢書集成新編》本，1986 年。

4. 《北夢瑣言》，（宋）孫光憲撰，臺北：臺灣商務印書館景印文淵閣《四庫全書》本，1986 年。

5. 《清波別志》，（宋）周煇撰，臺北：興中書局《知不足齋叢書》本，1964 年。

6. 《高齋漫錄》，（宋）曾慥錄，臺北：臺灣商務印書館景印文淵閣《四庫全書》本，1986 年。

道家類

1. 《抱朴子》，（晉）葛洪撰，臺北：世界書局，1991 年。

2. 《莊子集釋》，（晉）郭象注、（唐）陸德明釋文、（唐）成玄英疏、（清）郭慶藩集釋，臺北：世界書局，1991 年。

3. 《神仙感遇記》，（唐）杜光庭撰，臺北：新文豐出版社，1988 年。

4. 《雲笈七籤》，（宋）張君房撰，臺北：臺灣商務印書館景印文淵閣《四庫全書》本，1986 年。

5. 《道德眞經集註雜說》，（宋）彭耜纂集，北京：華夏出版社《中華道藏》本，2004 年。

6. 《道德眞經集義》，（元）劉惟永編集，北京：華夏出版社《中華道藏》本，2004 年。

7. 《老子翼》，（明）焦竑撰，臺北：藝文印書館，1962 年。

8. 《莊子辨》，（明）宋濂撰，臺北・世界書局，1979 年。

9. 《莊子解》，（清）王夫之撰，臺北：廣文書局，1972 年。

（四）集部

別集類

1. 《杜甫全集》，（唐）杜甫撰，臺北：臺灣時代書局，1975 年。

2. 《韓昌黎全集》，（唐）韓愈，臺北：新興書局，1967 年。

3. 《柳河東集》，（唐）柳宗元，臺北：河洛圖書出版社，1974 年。

4. 《朱子語錄》，（宋）黎靖德編，京都：中文出版社，1979 年。

5. 《蘇魏公文集》，（宋）蘇頌撰、王同策等點校，北京：中華書局，2004 年。

6. 《陸放翁集》，（宋）陸游撰，臺北：臺灣商務印書館，1965 年。

7. 《魯齋集》，（宋）王柏撰，臺北：臺灣商務印書館景印文淵閣《四庫全書》本

　　1986 年。

8. 《王安石全集》，（宋）王安石撰，臺北：河洛出版社，1974 年。

9. 《臨川先生文集》，（宋）王安石撰，臺北：臺灣中華書局《四部備要》，1964 年。

10. 《白蘇齋類集》，（明）袁宗道撰，臺北：偉文書局，1976 年。

11. 《戴東原先生全集》，（清）戴震撰，臺北：大化書局，1987 年。

12. 《嘉定錢大昕全集》，（清）錢大昕撰，南京：江蘇古籍出版社，1997 年。

13. 《鮚埼亭集》，（清）全祖望撰，臺北：臺灣商務印書館《四部叢刊初編》據上海商務印書館縮印原刊本影印 1975 年。

14. 《鐵橋漫稿》，（清）嚴可均撰，上海：上海古籍出版社影印《續修四庫全書》本，2006 年。

總集類

1. 《文選》，（梁）蕭統撰、（唐）李善注，臺北：藝文印書館，2003 年。

2. 《增補六臣註文選》，（梁）蕭統編、（唐）李善等注，臺北：華正書局，1974 年《古諺謠》，（清）杜文瀾撰，上海：上海古籍出版社影印《續修四庫全書》本，2006 年。

3. 《三蘇全書》，（宋）蘇洵、蘇軾、蘇轍撰、曾棗莊、舒大剛編，北京：語文出版社，2001 年。

4. 《觀堂集林》，（清）王國維撰，石家莊：河北教育出版社，2001 年。

5. 《全上古三代秦漢三國六朝文・全漢文》，（清）嚴可均校輯，北京：中華書局1999 年。

6. 《全上古三代秦漢三國六朝文・全晉文》，（清）嚴可均校輯，北京：中華書局，1999 年。

7. 《全上古三代秦漢三國六朝文・全隋文》，（清）嚴可均校輯，北京：中華書局，1999 年。

8. 《全上古三代秦漢三國六朝文・全後周文》，（清）嚴可均校輯，北京：中華書局，1999 年。

9. 《全唐文》，（清）董誥等編，上海：上海古籍出版社，1995 年。

詩文評類

1. 《文心雕龍注》，（梁）劉勰撰，臺北：臺灣開明書店，1968 年。

2. 《宋詩紀事》，（清）厲鶚輯撰，上海：上海古籍出版社，2008 年。

三、今人著作（依作者姓氏筆劃簡繁為序，同一作者則以作品時代順序）

1. 《宋陸放翁先生游年譜》刁抱石撰編，臺北：臺灣商務書館，1990 年。

2. 《中華文史論叢》上海古籍出版社上海：上海古籍出版社，1978 年。

3. 《陸游年譜》，于北山撰，上海：上海古籍出版社，2006 年。

4. 《釋名考釋》方俊吉撰，臺北：文史哲出版社，1978 年。

5. 《香港中文大學圖書館古籍善本書錄》，王世偉等編　香港：香港中文大學出版社，2001年。

6. 《先秦道法思想講稿》王叔岷撰，臺北：中央研究院中國文哲研究所，1992年。

7. 《訓詁學》王忠林、應裕康、方俊吉撰，高雄：高雄文化出版社，1993年。

8. 《宋代佚著輯考》，王河、眞理整理南昌：江西人民出版社出版，2003年。

9. 《敦煌古籍敍錄》王重民撰，臺北：成文出版社，1978年。

10. 《中國善本書目提要》，王重民撰，臺北：明文書局，1984年。

11. 《兩晉南北朝《爾雅》著述佚籍輯考》王書輝撰，臺北：花木蘭文化出版社，2006年。

12. 《中國圖書文獻學論集》王國良、王秋桂合編，臺北：明文書局，1986年。

13. 《《釋名》語源疏證》王國珍撰，上海：上海辭書出版社2009年。

14. 《爾雅草木蟲魚鳥獸釋例》王國維撰，臺中：文听閣圖書有限公司圖書有限公司，2009年。

15. 《北京師範大學圖書館古籍善本書目》北京師範大學圖書館古籍部編，北京·北京學圖書館出版社，2002年7月。

16. 《中國版刻圖錄》北京圖書館編，北京：北京圖書文物出版社，1961年。

17. 《文求堂善本書影》田中慶太郎撰，臺北：成文出版社，1978年。

18. 《簡明訓詁學》白兆麟撰，杭州：浙江教育出版社，1984年。

19. 《爾雅詁林》朱祖延主編武漢：湖北教育出版社，1996～1999年。

20. 《《初學記》徵引集部典籍考》江秀梅撰，臺北：花木蘭文化出版社，2006年。

21. 《中國古代語言學史》何九盈撰，廣州：廣東教育出版社，2000年。

22. 《陳振孫之經學及其《直齋書錄解題》經錄考證》何廣棪撰，臺北：花木蘭文化出版社，2006年。

23. 《陳振孫之子學及其《直齋書錄解題》子錄考證》何廣棪撰，臺北：花木蘭文化出版社，2007年。

24. 《四庫提要辨證》余嘉錫撰，昆明：雲南人民出版社，2004年。

25. 《經子解題》呂思勉撰，香港：三聯書店，2001年。

26. 《北宋京師及東西路大郡守臣考》李之亮撰，成都：巴蜀書社，2001年。

27. 《宋兩浙路郡守年表》，李之亮撰，成都：巴蜀書社，2001年。

28. 《《爾雅·釋訓》研究》李建誠撰，臺北：花木蘭文化出版社，2009年。

29. 《邵晉涵《爾雅正義》研究》，李建誠撰，高雄：高雄復文出版社，2003年。

30. 《說文類釋》李國英撰，臺北：書銘出版事業有限公司，1989年。

31. 《胡樸安生平及其易學、小學研究》沈心慧撰，臺北：新文豐出版社，2009年。

32. 《訓詁學要略》周大璞撰，武漢：湖北人民出版社，1984年。

33. 《訓詁學》周大璞撰，臺北：洪葉文化事業有限公司，2000年。

34. 《明代版刻圖釋》周心慧主編，北京：學苑出版社，1998 年。

35. 《《長短經》校疏與研究》周斌撰，成都：巴蜀書社，2003 年。

36. 《實用訓詁學》，周碧香撰臺北：洪葉文化事業有限公司，2006 年。

37. 《宋人傳記資料索引》昌彼得、王得毅等編，臺北：鼎文書局，2001 年。

38. 《文字學概說》林尹撰，臺北：正中書局，1994 年。

39. 《訓詁學概要》，林尹撰，臺北：正中書局，1997 年。

40. 《中國歷代語言文字學文選》洪誠撰，南京：江蘇古籍出版社，2000 年。

41. 《訓詁學大綱》胡楚生撰，臺北：華正書局印行，2007 年。

42. 《中國哲學史大綱》胡適撰，臺北：臺灣商務印書館，1935 年。

43. 《中國訓詁學史》胡樸安撰，臺北：臺灣商務印書館，1988 年。

44. 《中國科學技術典籍通彙·生物卷》，苟萃華撰，鄭州：河南教育出版社，1993 年。

45. 《釋名研究》，徐芳敏撰，臺北：國立臺灣大學出版委員會，1989 年。

46. 《爾雅：文詞的淵海》徐莉莉、詹鄞鑫撰，上海：上海古籍出版社，2008 年。

47. 《《廣雅疏證》研究》，徐興海撰，南京：江蘇古籍出版社，2001 年。

48. 《唐五代韻書引說文考》，翁敏修撰，臺北：花木蘭文化出版社，2006 年。

49. 《剛伐邑齋藏書志》，袁榮法撰，臺北：國立中央圖書館，1988 年。

50. 《爾雅漫談》，馬重奇撰，臺北：頂淵文化事業股份有限公司，1997 年。

51. 《金文編》，馬衡、容庚編，北京：中華書局，2007 年。

52. 《中國語言文字學史料學》，高小方撰，江蘇：南京大學出版社，1998 年。

53. 《國立故宮博物院善本舊籍總目》，國立故宮博物院編，臺北：國立故宮博物院，1983 年。

54. 《國家圖書館善本書志初稿》，國家圖書館特藏組編，臺北：國家圖書館，1996 年。

55. 《偽書通考》，張心澂撰，臺北：宏業書局，1975 年。

56. 《《廣雅疏證》導讀》，張其昀撰，北京：社會科學文獻，2009 年。

57. 《王安石《字說》輯》，張宗祥輯錄、曹錦炎點校，福州：福建人民出版社，2005 年。

58. 《古書真偽及其年代》，梁啓超撰，臺北：南嶽出版社，1978 年。

59. 《要籍解題及其讀法》，梁啓超撰，臺北：華正書局，1989 年。

60. 《國故論衡》，章炳麟撰，臺北：廣文書局，1971 年。

61. 《爾雅今註今譯》，莊雅州、黃靜吟註譯，臺北：臺灣商務印書館，2012 年。

62. 《訓詁學》，陳新雄撰，臺北：臺灣學生書局，1996 年。

63. 《宋史藝文志考證》，陳樂素撰，廣州：廣東人民出版社，2002 年。

64. 《訓詁方法論》，陸宗達、王寧撰，北京：中國社會科學出版社，1983 年。

65. 《宋代文學編年史》，曾棗莊、吳洪澤撰，南京：鳳凰出版社，2010 年。

66. 《《文選》李善注語言學研究》，賀菊玲撰北京：中國社會科學出版社，2011 年。

67. 《中國哲學史新編》，馮友蘭撰北京：人民出版社，1964 年。

68. 《《天聖令》與唐宋制度研究》，黃正建編，北京：中國社會科學出版社，2011 年。

69. 《文字聲韻訓詁筆記》，黃季剛口述、黃焯筆記編輯，臺北：木鐸出版社，1983 年。

70. 《爾雅音訓》，黃侃撰、黃焯輯、黃延祖重輯，北京：中華書局《黃侃文集》2007 年。

71. 《王安石《字說》之研究》，黃復山撰臺北：花木蘭文化出版社，2008 年。

72. 《經典釋文匯校》，黃焯撰武漢：武漢大學出版社，2008 年。

73. 《楚辭章句疏證》，黃靈庚疏證，北京：中華書局，2007 年。

74. 《爾雅研究》，管錫華撰合肥：安徽大學出版社，1996 年。

75. 《漢晉學術編年》，劉汝霖撰，上海：上海書店，1991 年。

76. 《宋史藝文志史部佚籍考》，劉兆祐撰，臺北：國立編譯館中華叢書編審委員會，1984 年。

77. 《晁公武及其郡齋讀書志》，劉師兆祐撰，臺北：嘉新水泥公司文化基金會，1969 年。

78. 《中國文學教科書・周代訓詁學釋例》，劉師培撰，臺北：華世出版社《劉申叔先生遺書》1975 年。

79. 《陸游年譜》，歐小牧編撰，臺北：木鐸出版社，1982 年。

80. 《著硯樓書跋》，潘景鄭撰，上海：上海古籍出版社，2006 年。

81. 《說文部首類釋》，蔡信發撰，臺北：萬卷樓圖書有限公司，1997 年。

82. 《宋人行第考錄》，鄧子勉編撰，北京：中華書局，2001 年。

83. 《中國古代語言學史》，鄭文彬編撰成都：巴蜀書社，2002 年。

84. 《續偽書通考》，鄭良樹撰，臺北：臺灣學生書局，1984 年。

85. 《中國偽書綜考》，鄭瑞全、王冠英主編合肥：黃山書社出版，1998 年。

86. 《《爾雅》與《毛傳》之比較研究》，盧國屏撰，臺北：花木蘭文化出版社，2009 年。

87. 《清代《爾雅》學》，盧國屏撰，臺北：花木蘭文化出版社，2009 年。

88. 《爾雅語言文化學》，盧國屏撰臺北：臺灣學生書局，1999 年。

89. 《《太平廣記》引書考》，盧錦堂撰，臺北：花木蘭文化出版社，2006 年。

90. 《宋詩紀事補正》，錢鍾書撰瀋陽：遼寧人民出版社，2003 年。

91. 《爾雅義訓釋例》，謝雲飛撰，臺北：華岡出版社，1969 年。

92. 《北宋黨爭研究》，羅家祥撰臺北：文津出版社，1993 年。

93. 《善本書所見錄》，羅振常撰，臺北：成文出版社據 1958 年排印本影印，1978 年。

94. 《蘇頌年表》顏其中編，成都：四川大學出版社，2003 年。

95. 《日本國見在書目錄》，藤原佐世撰，臺北：新文豐出版公司，1986 年。

96. 《北京琉璃廠舊書店古書價格目錄》，寶水勇撰，北京：線裝書店，2004 年。

97. 《中國雅學史》，竇秀艷撰，濟南：齊魯書社，2004 年。

98. 《重考古今僞書考》，顧實撰，上海：大東書局，1926 年。

四、期刊及單篇論文（依論文發表時代先後爲序）

1. 〈由《埤雅》右文證假借古義〉，劉盼遂撰《學文》第 1 卷二期，臺北：臺灣學生書局，1970 年。

2. 〈《孔叢子》探源〉〉，羅根澤撰《古史辨》第四冊，臺北：藍燈文化事業股份有限公司，1987 年。

3. 〈《易林》斷歸崔篆的判決書〉 胡適撰，《歷史語言研究所集刊》第二十冊上冊，中華書局，1987 年。

4. 〈《劉子》作者問題再探〉李隆獻撰，《臺大中文學報》，2 期，1988 年。

5. 〈右文說在訓詁學上之沿革及其推闡〉沈兼士撰，《中央研究院歷史語言研究所集刊外編第一種·慶祝蔡元培先生六十五歲論文集》，台北：中央研究院歷史語言研究所，1992 年。

6. 〈陸佃及其雅學諸書評述——王安石新學學派研究之二〉，李文澤撰《漢語史研究集刊》（第一輯）成都：巴蜀書社，1998 年。

7. 〈陸佃《埤雅》評述〉，范春媛撰，《寧夏大學學報》（人文社會科學版），2005 年第 03 期。

8. 〈論《埤雅》及其在宋代《詩經》專著中的傳播〉，楊晉龍撰，《宋代經學國際研討會論文集》，2006 年。

9. 〈論《埤雅》對專科辭典編纂的貢獻〉，楊薇撰，《辭書研究》，2006 年第 04 期。

10. 〈《廣雅疏證》所揭示的「二義同條」之詞義關係分析〉，馬景侖撰《南京師大學報》（社會科學報）第 5 期，2006 年。

11. 〈淺談《埤雅》的訓詁特色及其成因〉，范春媛撰，《古籍整理研究學刊》，2006 年第 06 期。

12. 〈論《爾雅》二義同條的同義多組性〉王建莉撰，《內蒙古大學學報》（人文社會科學報）第 39 卷第 3 期，2007 年。

13. 〈論《埤雅》在訓詁學上的價值〉，王敏紅撰，《紹興文理學院學報》（哲學社會科學版），2007 年第 05 期。

14. 〈《埤雅》名物聲訓釋源初探〉，黃旦玲撰，《今日南國》（理論創新版），2008 年第 04 期。

15. 〈陸佃《爾雅新義》管窺〉，李冬英撰，《信陽師範學院學報》（哲學社會科學版），2009 年第 04 期。

16. 〈《埤雅》與傳統訓詁學〉，范春媛撰，《遵義師範學院學報》，2009 年第 05 期。

17. 〈論《爾雅》解釋普通語詞二義同條〉李冬英撰《魯東大學學報》（哲學社會科學報）第 26 卷第 5 期，2009 年。

18. 〈論陸佃《埤雅》的訓詁學價值及其訓釋特色〉，黃新強撰，《濮陽職業技術學院學報》，2010 年第 01 期。

19. 〈《埤雅》勾沉〉，范春媛撰，《遵義師範學院學報》，2010 年第 05 期。

20. 〈論《埤雅》在中國語言學史上的價值〉，范春媛撰，《名作欣賞》，2010 年第 36 期。

21. 〈陸佃《爾雅新義》與邢昺《爾雅疏》比較研究〉，霞紹暉撰，《宋代文化研究》，2011 年第 00 期。

22. 〈明贛州府刻《埤雅》版本述略〉，竇秀艷撰，《東方論壇》，2012 年第 03 期。

23. 〈《埤雅》校點本標點商榷七則〉，陳波先撰，《紹興文理學院學報》（哲學社會科學），2014 年第 01 期。

24. 〈《埤雅》研究綜述〉，陳波先撰，《古籍整理研究學刊》，2014 年第 03 期。

25. 〈論《埤雅》聲訓推源〉，吳澤順撰，《浙江師範大學學報》（社會科學版），2014 年第 03 期。

五、學位論文（依論文發表時間先後爲序）

1. 《小爾雅考釋》，許老居撰，臺北：國立臺灣師範大學國文研究所碩士論文，1973 年。

2. 《王安石《字說》之價值》，林翠玟撰，臺北：國立政治大學中國文學研究所碩士論文，1996 年。

3. 《《埤雅》綜論》，范春媛撰，寧夏大學碩士論文，2004 年。

4. 《《爾雅新義》研究》，季自軍撰，上海師範大學碩士論文，2005 年。

5. 《中國古籍原刻翻刻與初印後印研究》郭立暄撰 上海：復旦大學中國古代文學研究中心博士論文，2008 年。

6. 《《爾雅新義》訓詁研究》，劉清撰，湖南師範大學碩士論文，2013 年。

六、網路資料庫

1. 朱剛〈陸佃行年考〉《文學遺產》網路版　2011 年第 1 期上網日期：2011 年 1 月 27 日。
   網址：http://wxyc.literature.org.cn/journals_article.aspx?id=2082。

2. 交通部氣象局・氣象百科・氣象常識。
   網址：http://www.cwb.gov.tw/V7/knowledge/encyclopedia/me018.htm。

附錄：陸農師先生佃年譜

　　關於陸佃生平事蹟之記錄，除《宋史》卷三百四十三本傳、《宋元學案》、《續資治通鑑長編》外，尚有陸游《家世舊聞》、《渭南文集》等，茲據相關文獻，為其生平以編年方式條列之。

宋仁宗慶曆二年（壬午，1042），陸佃生

　　陸佃，字農師，小字榮〔註1〕，號陶山。越州山陰（今浙江紹興）人。祖名軫，字齊卿，仕至吏部郎中直昭文館，贈太傅〔註2〕。父名珪，字廉叔，官國子博士，贈太尉。〔註3〕

〔註1〕陸游《家世舊聞》載：「楚公生於魯墟故居，太傅曰：『是兒必榮吾家。』遂以榮為小字。」，見（宋）陸游撰、孔凡禮點校：《家世舊聞》，收錄於《歷代史料筆記叢刊・唐宋史料筆記》，（北京，中華書局，1997年12月），頁195。

〔註2〕按：陸軫，字齊卿，山陰人，真宗大中祥符五年（壬子，1012）登進士第，歷事真宗、仁宗，入仕後在館閣最久。曾知越州、明州，累官工部郎中、集賢校理，仕終尚書吏部郎中，卒贈太傅諫議大夫。晚因辟穀學道之故，取號朝隱子。妻吳氏，吳植之女，生有陸琪、陸珪二子。其事蹟可見（宋）陸佃：《陶山集》卷十四，頁三B～六A，收錄於（清）永瑢、紀昀纂修《景印文淵閣四庫全書》，（臺北：臺灣商務印書館，1986年3月），第一一一七冊，頁168下～170上。

〔註3〕陸珪（1022～1076），字廉叔，山陰人，宋真宗乾興元年（壬戌，1022）生。陸軫之子，陸佃之父，以父任為太廟齋郎，補武康尉，歷任信州法參、南新令、睦州錄參，知奉化、知天長等職。神宗熙寧九年（丙辰，1076）卒，年五十五。另（宋）

按：陸佃之先祖源於戰國嬀姓。因田完裔孫齊宣王少子通，字季達，受封於平
原般縣陸鄉，遂有陸姓〔註4〕。而據陸游〈奉直大夫陸公墓誌銘〉所載，可
知族群遷徙之跡，其云：

> 吳郡陸氏，方唐盛時，號四十九枝，太尉枝最盛。唐末，自吳之嘉
> 興，東徙錢塘。吳越王時，又徙山陰魯墟。先世本魯墟農家，自祥
> 符間去而仕，今且二百年。〔註5〕

宋仁宗慶曆五年（乙酉，1045），四歲

祖陸軫守明州鄞縣。

宋仁宗嘉祐二年（丁酉，1057），十六歲

從呂宏學〔註6〕。

宋英宗治平三年（丙午，1066），二十五歲

嘉祐八年（癸卯，1063），八月辛巳（十二日），王安石母吳氏卒於京師，
王安石辭官扶櫬歸金陵。王安石服母喪期滿，朝廷多次詔入京〔註7〕，然王氏具

何薳《春渚紀聞》卷七曾記錄其軼聞：「陸規七歲題詩：陸農師左丞之父少師公規，
生七歲不能言。一日忽書壁間云：『昔年曾住海三山，日月宮中數往還。無事引他
天女笑，謫來爲吏向人間。』自此能言語，後登進士第，官至卿監，壽八十而終。」
按：此「陸規」當爲「陸珪」之誤。

〔註4〕見《新唐書·表》卷七十三下·表第十三下·宰相世系三下·陸氏·丹徒枝·頁
2965。

〔註5〕見（宋）陸游：《渭南文集》卷三五〈奉直大夫陸公墓誌銘〉。

〔註6〕按：〈長樂郡君賀氏墓誌銘〉云：「嘉祐中，余以童子從呂宏學，適連居士之牆。」
見（宋）陸佃：《陶山集》卷十五，頁十一B，收錄於（清）永瑢、紀昀纂修《景
印文淵閣四庫全書》，（臺北：臺灣商務印書館，1986年3月），第一一一七冊，頁
182下。然於〈傅府君墓誌〉有言：「就師十年」之語，見《陶山集》卷十五，〈傅
府君墓誌〉頁四A收錄於（清）永瑢、紀昀纂修《景印文淵閣四庫全書》，（臺北：
臺灣商務印書館，1986年3月），第一一一七冊，頁179上。故以治平三年往上推
十年則當爲嘉祐二年之際從呂宏學。

〔註7〕《續資治通鑑長編》卷二百九：「工部郎中、知制誥王安石既除喪，詔安石赴闕，
安石屢引疾乞分司。」見（宋）李燾撰：《續資治通鑑長編》卷二百九，收入於楊
家駱主編《中國學術名著第三輯·國史彙編第一期書第九冊》（臺北·世界書局，
1974年6月）。

狀辭赴闕，於江寧府居住〔註8〕。是年陸佃就學於王安石〔註9〕，並有「就師十年，不如從公之一日也。」之語〔註10〕。

按：陸佃尚未就教於介甫時，便有仰慕之意，曾言：「嘉祐治平間……淮之南，學士、大夫宗安定先生之學，予獨疑焉。及得荊公《淮南雜說》與其《洪範傳》，心獨謂然，于是願掃臨川先生之門。」〔註11〕聞介甫歸居江寧，便負笈擔簦赴江寧從之遊。〔註12〕遊介甫門之際，同遊者尚有：王無咎、沈憑、龔原〔註13〕、郟僑、張僅、吳點、楊訓、楊冀、丘秀才、王伯起、晏

〔註8〕見詹大和：《王荊文公年譜》。

〔註9〕〈沈君墓表〉云：「治平三年，今大丞相王公守金陵，以緒餘成學者，而某也實竝群英之遊。」見《陶山集》卷十六，〈沈君墓表〉頁十一 B，收錄於（清）永瑢、紀昀纂修《景印文淵閣四庫全書》，（臺北：臺灣商務印書館，1986 年 3 月），第一一一七冊，頁 193 下。

〔註10〕陸佃曾於〈傅府君墓誌〉言：「高郵傅明孺，諱長攝，揚州助教瓊之第二子。嘉祐治平間，與予同硯席，共敝衣服，無憾也。是時明儒尚未冠，予亦年少耳。淮之南學士大夫宗安定先生之學，予獨疑焉。及得荊公《淮南雜說》與其《洪範傳》，心獨謂然，于是願掃臨川先生之門，後余見公，亦驟見稱獎，語器言道，朝虛而往，暮實而歸，覺平日就師十年，不如從公之一日也。」見《陶山集》卷十五，〈傅府君墓誌〉頁四 A 收錄於（清）永瑢、紀昀纂修《景印文淵閣四庫全書》，（臺北：臺灣商務印書館，1986 年 3 月），第一一一七冊，頁 179 上。

〔註11〕見《陶山集》卷十五，〈傅府君墓誌〉頁四 A 收錄於（清）永瑢、紀昀纂修《景印文淵閣四庫全書》，（臺北：臺灣商務印書館，1986 年 3 月），第一一一七冊，頁 179 上。

〔註12〕按：陸佃曾以〈依韻和李知剛、黃安見示〉一詩論及仰慕介甫及投入王門之經過，並於詩中言此為終生不悔之志，詩言：「蔣山麟鬣蒼嵯峨，參伐可捫斗可摩；建康開府占形勝，千檣萬舳來江艖。憶昔司空駐千騎，與人傾蓋腸無他；有時偃蹇枕書臥，忽地起走仍吟哦。諸生橫經飽餘論，宛若茂草生陵阿；發揮形聲解奇字，豈但晚學池中鵝。余初聞風裹糧走，願就秦扁醫沈痾；登堂一見便稱許。……平生慷慨慕荊國，自誓中立無邪頗。」見（宋）陸佃：《陶山集》卷一，頁四，收錄於（清）永瑢、紀昀纂修《景印文淵閣四庫全書》，（臺北：臺灣商務印書館，1986 年 3 月），第一一一七冊，頁 60 下。

〔註13〕龔原，字深之，處州遂昌人，少與陸佃同師王安石，第進士。徽宗朝，歷兵部侍郎，寶文閣待制。奪職，居和州。嘗入元祐黨籍。其事蹟見《宋史》卷三五三‧列傳第一百一十二。

防、王沇之、王迥、華岵、郭逢原、沈銖、汪澥、張文剛、方惟深、李定、董必、楊畏、成倬、周種、鮑愼由、侯叔獻、鄭霞等人〔註14〕。

宋神宗熙寧三年（庚戌，1070），二十九歲

是年參加省試，蘇頌權知貢舉，擢陸佃爲省元〔註15〕。三月，應舉入京〔註16〕。廷對時作〈御試策〉〔註17〕。擢進士甲科，調蔡州推官召爲國子監直講。作〈及第謝啓〉、〈及第謝二府啓〉〔註18〕。

是年，弟陸佖卒〔註19〕。

按：熙寧三年庚戌（1070），三月己亥（八日），神宗御集英殿，試禮部奏名進士，內出制策〔註20〕。殿試時，「方廷試賦，遽發策題，士皆愕然；佃從容條對」〔註21〕三月壬子（二十一日），神宗御集英殿，賜進士、明經、諸科葉祖洽以下及第、出身、同出身，共八百二十九人。〔註22〕

夏四月丁卯，以新及第進士葉祖洽爲大理評事，上官均、陸佃爲兩使職官。〔註23〕

〔註14〕見劉成國〈王安石江寧講學考述〉一文，收錄於李國章、趙昌平主編：《中華文史論叢》總第七十三輯，（上海：上海古籍出版社，2003年10月），頁224～238。

〔註15〕見《宋會要輯稿》選舉一之一二及《蘇頌年表》，收錄於《宋人年譜叢刊》第四冊，（成都·四川大學出版社，2003年），頁2126。

〔註16〕見《宋史·陸佃傳》卷三百四十三，列傳第一百二。

〔註17〕見（宋）陸佃：《陶山集》卷九，頁四B～頁九A收錄於（清）永瑢、紀昀纂修《景印文淵閣四庫全書》，（臺北：臺灣商務印書館，1986年3月），第一一一七冊，頁128下～131上。

〔註18〕見（宋）陸佃：《陶山集》卷十三，頁一A～頁二A，收錄於（清）永瑢、紀昀纂修《景印文淵閣四庫全書》，（臺北：臺灣商務印書館，1986年3月），第一一一七冊，頁155下～156上。

〔註19〕按：陸佖，山陰人，佃之弟。官承議郎知高郵縣，仕至朝奉大夫，卒贈金紫光祿大夫。

〔註20〕見《宋會要輯稿》選舉七之一九。

〔註21〕見（元）脫脫：《宋史·陸佃傳》卷三百四十三，列傳第一百二。

〔註22〕見《常編拾遺》卷七、《續資治通鑑》卷六六。

〔註23〕見（宋）李燾撰：《續資治通鑑長編》第七冊，卷二百十，頁1B收入於楊家駱主編《中國學術名著第三輯·國史彙編第一期書第七冊》（臺北·世界書局，1974年6月），頁2228上。

宋神宗熙寧四年（辛亥，1071），三十歲

　　二月丁巳朔（初一），神宗詔定貢舉新制，罷詩賦及明經諸科，以經義、論、策試進士。並初置五路學：置京東西、陝西、河東、河北路學官，使之教導。〔註24〕陸佃選爲鄆州教授〔註25〕，召補國子監直講。陸佃爲當時試諸生作〈太學策問〉〔註26〕。是時，因治《詩》有方而聲譽鵲起。

按：《埤雅·陸宰序》云：「嘉祐前《經義》未作，先公獨以說《詩》得名，其
　　於鳥、獸、草、木、蟲、魚尤所多識。熙寧後，始以經術革詞賦，先公《詩
　　講義》遂盛傳於時。學校爭相筆受，如恐不及。」〔註27〕

宋神宗熙寧五年（壬子，1072），三十一歲

　　王安石令陸佃與沈季長作《詩講義》〔註28〕。

宋神宗熙寧七年（甲寅，1074），三十三歲

　　作〈祭邵興宗資政文〉〔註29〕。

〔註24〕見（元）脫脫等撰：《宋史·神宗本紀》卷十五·本紀第十五（臺北：藝文印書館，
　　　　1996年8月初版四刷，《二十五史》影印清乾隆武英殿刊本）頁278。

〔註25〕見（元）脫脫：《宋史·陸佃傳》卷三百四十三，列傳第一百二。

〔註26〕見（宋）陸佃：《陶山集》卷九，頁四B～頁九A收錄於（清）永瑢、紀昀纂修《景
　　　　印文淵閣四庫全書》，（臺北：臺灣商務印書館，1986年3月），第一一一七冊，頁
　　　　128下～131上。

〔註27〕見陸宰：〈埤雅序〉一文，收錄於陸佃撰：《埤雅》，明嘉靖元年（1522）贛州清獻
　　　　堂刊本。

〔註28〕按：《續資治通鑑長編》卷二百二十九·熙寧五年（壬子，1072）戊戌條載：「戊
　　　　戌，王安石以試中學官等第進呈，且言黎佖、張諤文字佳，第不合經義。上曰：「經
　　　　術，今人人乖異，何以一道德？卿有所著可以頒行，令學者定於一。」安石曰：
　　　　「《詩》，已令陸佃、沈季長作義。」上曰：「恐不能發明。」安石曰：「臣每與商
　　　　量。」季長，錢塘人，安石妹壻也。黎佖，未詳邑里。二月十八日戊辰，前衡州
　　　　推官黎佖爲光祿寺丞、崇文院校書。七年五月，卒。張諤，武昌人，沈括筆談詳
　　　　之。司馬光熙寧五年正月日記，有旨令曾布撰詔書付直史館進從來所解經義，委
　　　　太學編次，以教後生。」見（宋）李燾撰：《續資治通鑑長編》第3冊，卷二百二
　　　　十九，收入於楊家駱主編《中國學術名著第三輯·國史彙編第一期書》第3冊，（臺
　　　　北·世界書局，1974年6月），頁203。

〔註29〕按：邵亢（1014～1074），字興宗，丹陽人，真宗大中祥符甲寅（七年，1014）十
　　　　一月生，必從子。幼聰穎過人，賦詩豪縱，鄉里先生見而驚之。兩舉進士試於開

宋神宗熙寧九年（丙辰，1076），三十五歲

五月癸酉，父陸珪卒。返家丁憂。

六月二十五日（己酉），友王雱〔註30〕卒，年三十三，作〈祭王元澤待制墓文〉〔註31〕

宋神宗元豐元年（戊午，（1078），三十七歲

二月奉詔與陳襄、王存、李清臣等人議祭祀之事。

按：《宋史》載：

> 神宗元豐元年二月，郊廟奉祀禮文所言：「古者祀天於地上之圜丘，
> 在國之南，祭地于澤中之方丘，在國之北，其牲幣禮樂亦皆不同，
> 所以順陰陽、因高下而事之以其類也。由漢以來，乃有夫婦共牢，
> 合祭天地之說，殆非所謂求神以類之意。本朝親祀上帝，即設皇地

封府，以賦失韻，落第。范仲淹舉賢良方正科試，時布衣被召者十四人，試崇政殿，獨亢策入等，除建康軍節度推官。宋仁宗時趙元昊叛，獻《康定兵說》十篇，召試秘閣，授潁州團練推官，後歷任國子監直講、集賢校理、同知太常禮院、知常州，開封府推官、知高郵軍、知制誥、知諫院等。英宗立，曾召對群玉殿，訪以世事，稱之曰：「學士真國器也。」神宗即位，遷龍圖閣直學士，進樞密直學士、知開封府，遇事敏密，辭牘至前，皆反覆閱讀，後拜樞密副使，逾年，以疾辭，以資政殿學士知越州，歷鄭、鄆、亳三州。神宗熙寧甲寅（七年，1074）十二月卒，年六十一，贈吏部尚書，諡安簡。有《文集》一百卷、《體論》十卷。見《宋史·列傳》卷三百一十七·列傳第七十六，頁 10335 及（宋）陸佃：《陶山集》卷十三，頁二十一，收錄於（清）永瑢、紀昀纂修《景印文淵閣四庫全書》，（臺北：臺灣商務印書館，1986 年 3 月），第一一一七冊，頁 165 下。

〔註30〕按：王雱（1044～1076），字元澤，臨川人。王安石之子，宋神宗慶曆四年（甲申，1044 年）生，性敏甚，未冠即已著書數萬言，英宗治平四年（丁未，1067 年）進士，神宗時鄧綰、曾布薦之，召之，熙寧四年（辛亥，1071）除太子中允、崇政殿說書，擢任天章閣待制兼侍講。熙寧九年（丙辰，1076）六月卒，年三十三。贈左諫議大夫。徽宗正和三年（癸巳，1113）封臨川伯。有、《南華真經新傳》二十卷、《論語解》十卷、《孟子注》十四卷、《老子訓傳》、《佛書義解》、《書義》、《詩義》等。事蹟具《東都事略》卷七九、《宋史》卷三二七〈王安石傳〉附傳。

〔註31〕見（宋）陸佃：《陶山集》卷十三，頁二十三 A～二十四 A，收錄於（清）永瑢、紀昀纂修《景印文淵閣四庫全書》，（臺北：臺灣商務印書館，1986 年 3 月），第一一一七冊，頁 166 下～167 上。

祇位，稽之典禮，有所未合。」遂詔詳定更改以聞。於是陳襄、王
存、李清臣、張璪、黃履、陸佃、何洵直、楊完等議，或以當郊之
歲，冬夏至日分祭南北郊，各一日而祀徧；或於圜丘之旁，別營方
丘而望祭；或以夏至盛暑，天子不可親祭，改用十月；或欲親郊圜
丘之歲，夏至日遣上公攝事於方丘，議久未決。〔註32〕

五月同王子韶修定《說文》。〔註33〕

按：元豐元年（戊午，1078），三月六日，上差王子韶修定《說文解字》。〔註34〕

而夏五月，庚寅（十七日），命光祿寺丞陸佃同王子韶修定《說文》。〈江寧
府祭蔣山神祝文〉云：

某在元豐初以光祿士丞資善堂修定《說文》，赴闕。〔註35〕

宋神宗元豐二年（己未，1079），三十八歲

是年，長子陸宷生，因年三十八始得子，故以三十八爲行。〔註36〕

按：陸宷，字元長。

春正月丙子（六日），光祿寺丞詳定《說文》陸佃兼詳定《郊廟奉祀禮文》
〔註37〕。

〔註32〕 見（元）脫脫等修：《宋史・志・禮三・吉禮三・北郊》卷一百，志第五十三，頁
2449。

〔註33〕 傳云：「同王子韶修定《說文》」見（元）脫脫等修：《宋史・陸佃傳》卷三百四十
三，列傳第一百二。

〔註34〕 見《續資治通鑑長編》卷二百八十九注：「三月六日差王子韶，五年六月九日書成」。
見（宋）李燾撰：《續資治通鑑長編》第九冊，卷二百八十九，頁十六 B，收入於
楊家駱主編《中國學術名著第三輯・國史彙編第一期書第九冊》（臺北・世界書局，
1974 年 6 月），頁 3065 上。

〔註35〕 見（宋）陸佃：《陶山集》卷十三〈江寧府祭蔣山神祝文〉，收錄於（清）永瑢、
紀昀纂修《景印文淵閣四庫全書》，（臺北：臺灣商務印書館，1986 年 3 月），第一
一一七冊，頁 163 下。

〔註36〕 見（宋）陸游撰、孔凡禮點校：《家世舊聞》，收錄於《歷代史料筆記叢刊・唐宋
史料筆記》，（北京，中華書局，1997 年 12 月），頁 193。

〔註37〕 見（宋）李燾撰：《續資治通鑑長編》第九冊，卷二百九十六，頁一 B 收入於楊家
駱主編《中國學術名著第三輯・國史彙編第一期書》第九冊，（臺北・世界書局，
1974 年 6 月），頁 3110 上。

六月壬子（十五日），於秘閣考試宗室。〔註38〕

六月癸丑（十六日），神宗以御批付中書，讚譽「陸佃資性明敏，學術贍博」，並擢爲集賢校理〔註39〕，作〈辭免集賢校理狀〉〔註40〕。

八月丁巳（二十二日），光祿丞、集賢校理陸佃爲太子中允崇政殿說書〔註41〕。

十月二十二日，入見神宗，時因張璪等人奏請以黑繒爲裘、服無旒之冕且不被裘。故神宗垂詢問大裘襲裘之事，陸佃考禮作〈元豐大裘議〉〔註42〕以對。自是，神宗大悅，任陸佃爲祥定郊廟禮文官之職。同列者皆爲侍從，獨陸佃一人以光祿丞居其間。陸佃時以集賢校理爲崇政殿說書，每有所議，神宗輒曰：「自王、鄭以來，言禮未有如佃者。」進講《周官》，神宗稱善，始命先一夕進稿。〔註43〕

按：方勺《泊宅編》卷十曾載此事，云：

元豐中，詳定禮文，神宗尤篤於大裘裘冕之制。時檢討何洵直欲以

〔註38〕見《宋會要輯稿》選舉三二之一四，一九之一八。

〔註39〕可參見（宋）李燾撰：《續資治通鑑長編》第九冊，卷二百九十八，頁十五A，收入於楊家駱主編《中國學術名著第三輯・國史彙編第一期書》第九冊，（臺北・世界書局，1974年6月），頁3135上。及（宋）陸佃：《陶山集》卷四，頁九B，收錄於（清）永瑢、紀昀纂修《景印文淵閣四庫全書》，（臺北：臺灣商務印書館，1986年3月），第一一一七冊，頁90下。

〔註40〕見（宋）陸佃：《陶山集》卷四，頁九B，收錄於（清）永瑢、紀昀纂修《景印文淵閣四庫全書》，（臺北：臺灣商務印書館，1986年3月），第一一一七冊，頁90下。

〔註41〕見（宋）李燾撰：《續資治通鑑長編》第九冊，卷二百九十九，頁二十B，收入於楊家駱主編《中國學術名著第三輯・國史彙編第一期書》第九冊，（臺北・世界書局，1974年6月），頁3147。

〔註42〕按：〈元豐大裘議〉文末注云：「宋神宗元豐四年十月二十二日，中書箚子奉聖旨依奏。案：神宗問大裘襲裘，佃考禮以對。神宗悅，用爲祥定郊廟禮文官，即此議是也。……今集（《陶山集》）中載此議在元豐四年，佃于二年已爲集賢校理時，轉官已久，足證載筆之誤。又「裘」字史訛作「喪」，諸本竝沿誤」。見（宋）陸佃：《陶山集》卷五，頁二B～頁三A，收錄於（清）永瑢、紀昀纂修《景印文淵閣四庫全書》，（臺北：臺灣商務印書館，1986年3月），第一一一七冊，頁94。

〔註43〕見（元）脫脫：《宋史・陸佃傳》卷三百四十三，列傳第一百二。

黑繒創爲大裘如袞，唯領袖用羔。帝頗疑其非，乃問陸佃。佃對曰：

「《禮記》曰：『禮不盛，服不充。故大裘不裼，則大裘襲可知。』

又曰：「郊之日，王被袞象天，則大裘襲袞可知。大裘襲袞，則戴冕

藻十二旒可知，故曰冕服有六。而〈弁師〉云掌王之五冕也。」帝

稱善，遂下詔有司，制黑羔以爲裘，而被以袞。議者又謂純用羔，

恐裘重難服。及裘成，輕重才與袍等，帝甚喜。

宋神宗元豐三年（庚申，1080），三十九歲

春，慈聖光獻皇后將百日〔註44〕，依例當卒哭。陸佃進奏，以百日卒哭不符禮儀之制爲由制止，神宗從之。

按：《家世舊聞》（上）載：

元豐中，庚申冬慈聖光獻太后上仙。明年春，將百日，故事當卒哭。

楚公時以集賢校理爲崇政殿說書，因對：「《禮》，既葬而虞，虞而後

卒哭。古者，士，三月而葬，三虞而卒哭，則百日而卒哭者，士禮

也。今太皇太后，宜俟山陵覆土，九虞禮畢，然後行卒哭之禮。且

古者初喪哭無時，卒哭則朝夕哭而已。今俚俗初喪，纔朝夕哭，卒

哭，則幷朝夕哭亦廢，非禮也。」神祖好禮，悉如公言行之。〔註45〕

三月，葬慈聖光獻皇后，祔永昭陵。

六月，友陳晞之父病卒，請銘於佃，作〈光祿寺丞陳君墓誌銘〉〔註46〕。

〔註44〕 宋神宗元豐二年（己未，1079），冬，太皇太后曹氏崩，年六十四。有司上諡，諡
之曰慈聖光獻皇后。

〔註45〕 見（宋）陸游撰、孔凡禮點校：《家世舊聞》，收錄於《歷代史料筆記叢刊・唐宋
史料筆記》，（北京，中華書局，1997年12月），頁185。

〔註46〕 按：〈光祿寺丞陳君墓誌銘〉，墓主爲陳木（1009～1080），字子仁，鄱陽人，宋眞
宗大中祥符二年（己酉，1009）生。本名陳侯，因少時慕段干木之爲人，故自名
木，因舉進士不中，遂返耕養親，並手寫五經以訓諸子。爲人好賢樂士，賢與不
肖皆禮之，平居能周人之急。神宗元豐三年（庚申，1080）六月一日病卒於家，
年七十二。陳侯以子晞貴，贈光祿寺丞。據〈光祿寺丞陳君墓誌銘〉中所言「晞
性和厚，吾遊之賢者」，可知陳晞與陸佃二人之關係。見（宋）陸佃：《陶山集》
卷十四，頁十二 A～頁十四 A，收錄於（清）永瑢、紀昀纂修《景印文淵閣四庫全
書》，（臺北：臺灣商務印書館，1986年3月），第一一一七冊，頁173～174上。

七月己巳，友人俞方之祖母卒，作〈王氏夫人墓誌銘〉〔註47〕。

閏九月，朔，褚侯之室張氏卒，作〈壽安縣君張氏墓誌銘〉〔註48〕。

宋神宗元豐四年（辛酉，1081），四十歲

冬，十月戊午，陸佃因黃庸之故而遭罰銅八斤。

按：《續資治通鑑長編》卷三百十七云：

> 詔知剡縣，承奉郎蘇駉特衝替，同修起居注陸佃罰銅八斤。剡人黃
> 庸世以貲雄里中，納粟得試將作監主簿。佃嘗與駉書，言庸鄉親，
> 得託公庇。書至，會庸有訟事，縣累追不至，駉忿，出不意奄至其
> 家親捕之。庸妻王急呼其家僕閻師等十數人躁叫進躍，奪駉肩輿及
> 蓋，以石擊傷從者，駉僅得免。監司言王等悍惡，請重懲之。王與
> 閻師自千里以次諸州編管，駉坐是以罷，佃以致書爲駉所奏，故罰
> 之。〔註49〕

宋神宗元豐五年（壬戌，1082）四十一歲

三月，戊申，陸佃與蘇頌、王子韶等人因考黃裳等下，然神宗親擢爲第一，
以試卷不當，各遭罰銅三十斤。

按：《續資治通鑑長編》卷三百二十四云：

> 御試初考官：大中大夫蘇頌，集賢校理王子韶、王陟臣，承議郎劉
> 奉世，同知禮院楊傑，通直郎蔡京；覆考官：龍圖閣直學士安燾，
> 知制誥王存，史館修撰陳睦、曾肇，集賢校理趙彥若，太學博士張
> 崇；詳定官：翰林學士蒲宗孟，寶文閣待制何正臣，集賢校理陸佃，
> 各罰銅三十斤。坐頌等考黃裳等下，上親擢爲第一，故罰之。鮮于綽

〔註47〕 見（宋）陸佃：《陶山集》卷十五，頁十八 A〜頁十九 B，收錄於（清）永瑢、紀
昀纂修《景印文淵閣四庫全書》，（臺北：臺灣商務印書館，1986 年 3 月），第一一
一七冊，頁 186。

〔註48〕 見（宋）陸佃：《陶山集》卷十五，頁十七 A〜頁十八 A，收錄於（清）永瑢、紀
昀纂修《景印文淵閣四庫全書》，（臺北：臺灣商務印書館，1986 年 3 月），第一一
一七冊，頁 185 下〜186 上。

〔註49〕 見（宋）李燾撰：《續資治通鑑長編》第十冊，卷三百十七，頁二 B，收入於楊家
駱主編《中國學術名著第三輯‧國史彙編第一期書第十冊》（臺北‧世界書局，1974
年 6 月），頁 3295 下。

《傳信錄》云：祖宗時，狀元通判乃賜茜袍，故有「不著藍袍便著緋」之語。其後恩澤稍殺，爲簽判或知縣，袍止賜綠。元豐中，黃裳爲狀元，有語「黃裳卻作綠衣郎」，就姓名詠之也。考官本考裳置第五甲，神宗嘗見其文，因記其數句。至唱名，令尋裳卷，須臾尋獲進呈，神宗曰：『此乃狀元也。』乃唱名。同時，又有劉槃者，前此一舉，蒲宗孟爲省試，喜其文，考槃作省元。以策中「歲」字犯廟諱藩邸名，不得已黜落。散號日，蒲話于衆子，槃爲省元，自此遂知名，敕差爲學錄。至是年，又爲省元，神宗聞其名。放榜日，亦在第五甲，神宗呼至軒前，問曰：「卿學錄幾年？」，槃曰：「臣待罪學錄三年」。又曰：「師何人？」槃曰：「蒙陛下教養。」神宗嘉其應對，宣諭曰：「有司考校失實，置卿第五甲，今陞第二甲。」時考試官知制誥曾肇肇以定黃裳、劉槃試卷不當，各罰銅三十斤。〔註50〕

夏四月丙子（二十五日），試中書舍人，作〈除中書舍人謝宰相荊公啓〉、〈除中書舍人謝二府啓〉〔註51〕。

按：《續資治通鑑長編》卷三百二十五載：

朝奉郎、集賢殿修撰、知廣州熊本試工部侍郎；朝散郎、史館修撰、判太常寺曾肇，朝散郎、集賢校理、同修起居注趙彥若，通直郎、集賢校理、同修起居注陸佃，並試中書舍人，肇、彥若、佃集皆有謝表，彥若、佃表首皆載仍改賜章服，獨肇表不載。〔註52〕

五月癸未（三日），詔陸佃與蔡卞兼崇政殿說書，作〈辭免給事中表〉〔註53〕、〈謝給事中表〉、〈謝賜對衣金帶表〉。

〔註50〕見（宋）李燾撰：《續資治通鑑長編》第十冊，卷三百二十四，頁十三A，收入於楊家駱主編《中國學術名著第三輯·國史彙編第一期書第十冊》（臺北·世界書局，1974年6月），頁3357下。

〔註51〕見（宋）陸佃：《陶山集》卷十三，頁二B～頁三B，收錄於（清）永瑢、紀昀纂修《景印文淵閣四庫全書》，（臺北：臺灣商務印書館，1986年3月），第一一一七冊，頁156。

〔註52〕見（宋）李燾撰：《續資治通鑑長編》第十冊，卷三百二十五，頁十二B，收入於楊家駱主編《中國學術名著第三輯·國史彙編第一期書第十冊》（臺北·世界書局，1974年6月），頁3364。

〔註53〕〈辭免給事中表〉題下注曰「原註元豐五年五月」。見（宋）陸佃：《陶山集》卷七，頁三A，收錄於（清）永瑢、紀昀纂修《景印文淵閣四庫全書》，（臺北：臺灣商務印書館，1986年3月），第一一一七冊，頁112。

按：《續資治通鑑長編》卷三百二十七載：

> 通直郎、中書舍人陸佃兼侍讀，奉議郎、起居舍人蔡卞兼崇政殿說
> 書。放翁《家世舊聞》：楚公爲太學直講累年，既去而太學獄起，學官多坐廢。元豐
> 中，侍經筵，神宗從容曰：「卿在太學久，經行爲士人所服。卿去後，學官乃狼藉如
> 此！」公曰：「學官與諸生乃師弟子，今坐以受所監臨臟，四方實不以爲允。龔原、
> 王沈之等皆知名上，以受鄉人紙百番、筆十管斥廢，可惜，願陛下終哀憐之。且臣爲
> 直講時，有親故來，亦不免與通問。使未去職，亦豈能獨免？昔蘇舜欽監進奏院，以
> 賣故紙錢置酒召客，坐自盜臟除名。當時言者固以爲眞犯臟矣，今孰不稱其屈？臣恐
> 後人視原、沈之等，亦如今之視舜欽也。」雖不見聽，然上由是益知公長者。蒲中行
> 爲太學官，獄成，獨以不經吏議被賞。楚公歎曰：「此賞豈可受也？」由是薄中行爲
> 人。〔註54〕

六月己未（九日），重修《說文》竣事，上《說文》予神宗，獲贈銀、絹。作〈辭
免資善堂修定《說文》成書賜銀絹表〉〔註55〕、〈謝資善堂修定《說文》書成賜
銀絹表〉〔註56〕。進書同時，神宗與陸佃論及《毛詩》名物之事，陸佃因而獻
〈說魚〉、〈說木〉二篇舊作〔註57〕，頗契神宗之意。

按：《續資治通鑑長編》卷三百二十七載：

> 給事中陸佃、禮部員外郎王子韶上重修《說文》，神宗各賜銀、絹
> 百。〔註58〕

〔註54〕見（宋）李燾撰：《續資治通鑑長編》第十冊，卷三百二十六，頁二B，收入於楊
家駱主編《中國學術名著第三輯・國史彙編第一期書第十冊》（臺北・世界書局，
1974年6月），頁3368上～3368下。

〔註55〕見（宋）陸佃：《陶山集》卷四，頁八B～九A，收錄於（清）永瑢、紀昀纂修《景
印文淵閣四庫全書》，（臺北：臺灣商務印書館，1986年3月），第一一一七冊，頁90。

〔註56〕見（宋）陸佃：《陶山集》卷七，頁一，收錄於（清）永瑢、紀昀纂修《景印文淵
閣四庫全書》，（臺北：臺灣商務印書館，1986年3月），第一一一七冊，頁111下。

〔註57〕陸宰〈埤雅序〉云：「元豐間，預修《說文》，因進書獲對神考，縱言至於物性，
先公敷奏稱旨，德音稱善且恨古未有著爲書者。先公又奏：『臣嘗試爲之，未成，
未敢進也。』天意欣然，便欲見之，因進〈說魚〉、〈說木〉二篇，自是益加筆削，
號《物性門類》。」見陸佃撰：《埤雅》，明嘉靖元年（1522）贛州清獻堂刊本。

〔註58〕見（宋）李燾撰：《續資治通鑑長編》第十冊，卷三百二十七，頁十B，收入於楊
家駱主編《中國學術名著第三輯・國史彙編第一期書第十冊》（臺北・世界書局，

六月乙亥（二十五日），上疏議封駁房設置之事，准奏，罷封駁房。

按：《續資治通鑑長編》三百二十七載：

> 給事中陸佃言：「三省、樞密院文字已讀訖，皆再送令封駁，慮成重複。」上批：「可勘會差桑重複進呈。」乃詔罷封駁房。先是，故事，詔旨皆付銀臺司封駁，官制既行，猶循舊。至是，始罷之。〔註59〕

九月壬辰（十四日），上疏要求駁回宋彭年任太常寺丞任命。

按：《續資治通鑑長編》卷三百二十九載：

> 給事中陸佃言：「讀吏部奏鈔、宋彭年擬太常寺丞。太常典司禮樂，亦宜選稍有學術之士，非彭年所堪。乞令別擬彭年差遣。」從之。〔註60〕

十月乙卯（八日）伯陸琮以疾卒，作〈朝奉大夫陸公墓誌銘〉〔註61〕

十一月庚辰（三日）上疏駁吳審禮遷朝奉大夫命。

按：《續資治通鑑長編》卷三百三十一則載：

> 給事中陸佃言：「讀吏部所上鈔內，朝請郎、提舉玉隆觀□審禮擬遷朝奉大夫。緣審禮以老疾乞宮觀，法不當遷。」詔寢之。〔註62〕

宋神宗元豐六年（癸亥，1083）四十二歲

春正月癸巳（十七日），神宗詔陸佃、蔡卞勘詳舒亶論奏尚書省錄目事。

1974 年 6 月），頁 3382 上。

〔註59〕見（宋）李燾撰：《續資治通鑑長編》第十冊，卷三百二十七，頁十八 B，收入於楊家駱主編《中國學術名著第三輯·國史彙編第一期書第十冊》（臺北·世界書局，1974 年 6 月），頁 3386 上。

〔註60〕見（宋）李燾撰：《續資治通鑑長編》第十冊，卷三百二十九，收入於楊家駱主編《中國學術名著第三輯·國史彙編第一期書第十冊》（臺北·世界書局，1974 年 6 月）。

〔註61〕按：據〈朝奉大夫陸公墓誌銘〉所載：陸琮（1027～1082），字寶之，山陰人。陸軫之從子，因幼孤之故，便自幼教養之。任官郊社齋郎，歷任吉州龍泉現主簿、南康軍星子縣尉、知壽州、壽春縣令、石城、虔化、上元等縣，後官至上輕車都尉。娶楊璵之女楊氏為妻，生五子四女。元豐五年十月八日卒，年六十六。見（宋）陸佃：《陶山集》卷十四，頁三 B～頁五 B，收錄於（清）永瑢、紀昀纂修《景印文淵閣四庫全書》，（臺北：臺灣商務印書館，1986 年 3 月），第一一一七冊，頁 168 下～169。其事蹟具《宋史翼》、《宋元學案補遺》等。

〔註62〕見（宋）李燾撰：《續資治通鑑長編》第十冊，卷三百三十一。

按：《續資治通鑑長編》卷三百三十二載：

> 詔給事中陸佃、中書舍人蔡卞勘詳御史中丞舒亶論奏尚書省錄目事，案罪以聞。先是，亶奏：「尚書省凡有奏鈔，法當置籍錄其事目。尚書省違法，擅不錄目。」既案奏，而乃以發文書歷爲錄目之籍，亶以爲大臣欺妄；而尚書省取御史臺受事簿亦無錄目事，以奏亶爲欺妄。於是詔尚書刑部劾罪，而御史翟思、王桓、楊畏言：「中丞案尚書省事，不應付其屬曹治曲直。」故改命佃等。〔註63〕二月戊午可并此。

正月乙巳（二十九日），上奏議賈種民不適任吏部員外郎之職。

按：《續資治通鑑長編》卷三百三十二載：

> 正月乙巳，……宣德郎、守大理正賈種民爲吏部員外郎。給事中陸佃繳奏：「吏部郎官實與選事，非種民刑法之吏所宜冒處。」仍改駕部。〔註64〕

六月戊午，陸佃與韓忠彥封駁鄧綰試禮部侍郎之任命

按：《續資治通鑑長編》卷三百三十五載：

> 戊午，知青州、龍圖閣待制鄧綰試禮部侍郎。於是給事中陸佃、韓忠彥封駁綰命，言綰姦回頗僻，使典邦禮，恐玷清選。詔罷之。〔註65〕

七月作〈長樂郡君賀氏墓誌銘〉。〔註66〕

九月丙寅（二十四日），奉詔與蔡京蔡卞王震等人修尚書省六曹條貫。

按：《續資治通鑑長編》卷三百三十九載：

〔註63〕見（宋）李燾撰：《續資治通鑑長編》第十冊，卷三百三十二，頁四 A、四 B，收入於楊家駱主編《中國學術名著第三輯·國史彙編第一期書第十冊》（臺北·世界書局，1974 年 6 月），頁 3428 上。

〔註64〕見（宋）李燾撰：《續資治通鑑長編》第十冊，卷三百三十二。

〔註65〕見（宋）李燾撰：《續資治通鑑長編》第十冊，卷三百三十五，頁十九 A，收入於楊家駱主編《中國學術名著第三輯·國史彙編第一期書第十冊》（臺北·世界書局，1974 年 6 月），頁 3461 上。

〔註66〕見（宋）陸佃：《陶山集》卷十五，頁十～頁十一 A，收錄於（清）永瑢、紀昀纂修《景印文淵閣四庫全書》，（臺北：臺灣商務印書館，1986 年 3 月），第一一一七冊，頁 182～183 上。

丙寅……手詔：「門下、中書外省見修尚書省六曹條貫，至今多日，未有涯緒。蓋議論官多，人出一意，若不分曹編修，徒占日月，必無成書之期。宜以六曹繁簡相參，每兩曹差詳定、檢詳官各一員，庶人各任責，朝廷有望成就。以詳定官韓忠彥、陸佃領吏、兵部，蔡京、蔡卞領戶、禮部，趙彥若、王震領刑、工部。其刪定官每兩曹置三員，令門下、中書外省分定具名以聞。」〔註67〕

宋神宗元豐七年（甲子，1084）四十三歲

友許安世病卒，臨終遺言囑託陸佃爲其父許拯誌墓銘，故作〈許侯墓誌銘〉。〔註68〕

三月，作〈趙氏夫人墓誌銘〉〔註69〕。

九月辛亥（十四日），神宗宴於集英殿，因不適而罷宴，明年，神宗崩，陸佃據此事進輓辭曰「花是高秋宴後萎」。

〔註67〕 見（宋）李燾撰：《續資治通鑑長編》第十冊，卷三百三十九。

〔註68〕 〈許侯墓誌銘〉中言：「安世字少張，吾友之賢者也，舉進士第一，……以即大夜在侯卒之後四十九日也。其遺言以侯之誌屬予。……悲予友之不復見也，故爲誌侯之墓銘。」

按：許安世（1041～1084），字少張，開封襄邑人。生於宋仁宗康定二年（辛巳，1040年），宋英宗治平四年（丁未，1067）舉進士第一。授鄆州觀察推官。神宗熙寧五年（壬子，1072年）召爲集賢校理。歷檢正中書吏房公事、簽書濠州判官廳公事、梓州路轉運判官、累官至尚書都官員外郎。神宗元豐六年（癸亥，1083年）八月甲子，其父拯病逝，棄官奔喪。神宗元豐七年（甲子，1084年）染疾卒於黃州，年四十四。事蹟可見《宋歷科狀元錄》卷四、《宋詩紀事》卷二三、《宋元學案補遺》卷八九等。另其父許拯（1015～1083），字康柏，開封襄邑人。生於宋眞宗大中祥符八年（乙卯，1015年），景祐中以通三經登第，調安州應山縣尉，遷麟遊縣令、泉州錄事參軍，歷黃州、軍州、潤州、亳州等州觀察推官、知京兆府奉天縣等職，後以奉議郎致仕。神宗元豐六年（癸亥，1083年）八月甲子，拯病逝，年六十九。有《文集》十卷。可參見（宋）陸佃：《陶山集》卷十四，頁十四A～頁十六A，收錄於（清）永瑢、紀昀纂修《景印文淵閣四庫全書》，（臺北：臺灣商務印書館，1986年3月），第一一一七冊，頁174～175上。

〔註69〕 （宋）陸佃：《陶山集》卷十五，頁九B～頁十A，收錄於（清）永瑢、紀昀纂修《景印文淵閣四庫全書》，（臺北：臺灣商務印書館，1986年3月），第一一一七冊，頁181下～182上。

按：《續資治通鑑長編》卷三百四十八載：

> 大宴集英殿，酒五行罷，以上服藥也。舊紀書：「上以疾，不果終宴，戊午，疾愈。新紀同。」放翁《家世舊聞》：「元豐秋宴，神祖方舉酒，手緩，盞傾覆，酒霑御袍。時都下盛傳側金盞曲，有司以為不祥，遂禁之。明年，宮車晏駕，楚公進挽辭曰：『花是高秋宴後萎。』楚公，陸農師也，意蓋謂此。佛經天人五衰，如宮殿震、身光滅之類，花萎亦其一也。已入筆記，天人五衰，記所無。」〔註70〕

宋神宗元豐八年（乙丑，1085）四十四歲

三月戊戌（五日），神宗崩，趙煦立，是為哲宗。哲宗立，太常請復太廟牙盤食。博士呂希純、少卿趙令鑠皆以為當復。佃言：「太廟，用先王之禮，於用俎豆為稱；景靈宮、原廟，用時王之禮，於用牙盤為稱，不可易也。」卒從佃議。〔註71〕

三月己未（二十六日），因禮部遺火之故，以兵部侍郎許將、給事中兼侍讀陸佃、秘書少監孫覺並權知貢舉再試，〔註72〕合格奏名進士焦蹈以下共四百八十五人〔註73〕。作〈省試策問〉、〈武學策問〉。〔註74〕

按：陸游《家世舊聞》中曾詳載此事：

> 元豐八年，禮部貢舉火。試官馬希孟燔死，蔡卞亦幾死。京方知開封，募力士踰牆入，挾卞以出，遂再引試。楚公知舉，取焦蹈為第一。當時諺云：「不因試官火，安得狀元焦。」蓋是歲諒陰，無殿試

〔註70〕見（宋）李燾撰：《續資治通鑑長編》第十冊，卷三百四十八，頁十六A，收入於楊家駱主編《中學術名著第三輯・國史彙編第一期書》第十冊（臺北・世界書局，1974年6月），頁3566下。

〔註71〕見（元）脫脫：《宋史・陸佃傳》卷三百四十三，列傳第一百二。

〔註72〕《續資治通鑑長編》：「兵部侍郎許將、給事中兼侍讀陸佃、秘書少監孫覺並權知貢舉，以遺火再試也」。見（宋）李燾撰：《續資治通鑑長編》第十冊，卷三百五十三，頁八A，收入於楊家駱主編《中學術名著第三輯・國史彙編第一期書》第十冊（臺北・世界書局，1974年6月），頁3601下。

〔註73〕見《宋會要輯搞》〈選舉〉一之一二。

〔註74〕見（宋）陸佃：《陶山集》卷九，頁十一A～頁十B，收錄於（清）永瑢、紀昀纂修《景印文淵閣四庫全書》，（臺北：臺灣商務印書館，1986年3月），第一一一七冊，頁132～134。

也。蹈答策有曰：「論經不明，不如無經；論史不達，不如無史。」

楚公大愛之，以爲有揚子雲之風〔註75〕。

六月丁卯（五日），哲宗賜故左僕射王珪壽昌坊官第，神道碑額曰「懿文」，遺表恩澤十人。詔給事中陸佃監護葬事〔註76〕。

十月癸未（二十二日），侍御史劉摯上疏以「新進少年，越次暴起，論德業則未試，語公望則素輕」，欲罷陸佃、蔡卞二人之侍講職，太皇太后高氏准奏。按：《續資治通鑑長編》卷三百六十載：

> 侍御史劉摯言：「臣竊以聖人之德，其聰睿神智，此固天性之所自有。然孔子曰：『吾非生而知之，好古敏以求之者也。』孟子亦謂人皆有是四端，猶火之始然，泉之始達，在乎充之而已。苟不充之，將失其本。昔者周成王幼沖踐祚，其師保之臣傅之德誼，道之訓教者，周公、召公、太公其人也。夫左右之人既如此，則成王雖幼，其耳目所入，蓋無有不正者矣。我仁祖之初，亦以盛年嗣服，用李維、晏殊爲侍讀，馮元、孫奭爲侍講。惟茲數人，皆名儒宿德，極天下之選。是時方親庶政，聽斷之暇，每於雙日，召使入侍，講說經典，或讀祖宗故事。盛明之政，慶澤無窮。恭維皇帝陛下，紹膺天命，傳繼統業，夫以異稟之質，夙夜之善，而又上有太皇太后陛下之至仁厚德，保護開祐，所以成就者，罔不備至矣。然方春秋鼎盛，在所資養，左右前後，宜正人與居，語默見聞，宜正事是接。所以起善養源，保微慎始，尊德美而長智習，致廣大而熙光明，則勸講、進讀、輔導之官，其可不愼擇也哉！伏見兼侍講、給事中陸佃、蔡卞皆新進少年，越次暴起，論德業則未試，語公望則素輕，使在此

〔註75〕 見（宋）陸游撰、孔凡禮點校：《家世舊聞》，收錄於《歷代史料筆記叢刊·唐宋史料筆記》，（北京，中華書局，1997年12月），頁189。按：焦蹈（？～1085）字悦道，安徽無爲人，以文翰名。（宋）祝穆：《方輿勝覽》卷四八載：「焦蹈，無爲縣人。四爲舉首，元豐八年魁多士」。另（明）李賢等奉敕撰《明一統志》卷一四亦提及：「元豐中，因禮部貢舉火。別試。蹈爲第一。時有詩云：『不因試官火，安得狀元焦。』」

〔註76〕 見（宋）李燾撰：《續資治通鑑長編》第十冊，卷三百五十七，頁一B，收入於楊家駱主編《中學術名著第三輯·國史彙編第一期書》第十冊（臺北·世界書局，1974年6月），頁3624下。

官，觿謂非宜。伏請罷其兼職，以允公議。仍欲望聖慈於内外兩制以上官内，別選通經術、有行義、忠信孝悌、淳茂老成之人，以充其任。遇非聽政之日，便殿燕坐，時賜延對，使之執經誦說，陳天下之義理，今古君臣父子之道，以廣睿智，仰副善繼求治之意。」於是佃、卞皆罷，而彦若、堯俞有是命。陸佃、蔡卞罷經筵，實錄並不書。

政目十八日，垂簾諭：「講筵將開，宜得老成端士，趙彦若、傅堯俞二人如何？陸佃、蔡卞年少，代之。」〔註77〕

十月己丑（二十八日），三省、樞密院同奉聖旨，陸佃等罷侍讀事。〔註78〕

十二月甲戌，陸佃任吏部侍郎。

按：《續資治通鑑長編》卷三百六十二載：

吏部尚書曾孝寬爲資政殿學士、知穎昌府，翰林學士、知制誥呂大防爲吏部尚書，端明殿學士、通議大夫、知穎昌府孫永爲工部尚書，禮部侍郎李常、給事中陸佃並爲吏部侍郎。給事中蔡卞爲禮部侍郎，天章閣待制兼侍講范純仁、中書舍人王震並爲給事中。純仁以司馬光親嫌辭，不許。〔註79〕

宋哲宗元祐元年（丙寅，1086）四十五歲

二月乙丑（六日），陸佃任《神宗皇帝實錄》修撰官，作〈神宗皇帝實錄敍論〉〔註80〕。

〔註77〕見（宋）李燾撰：《續資治通鑑長編》第十冊，卷三百六十，頁十B～頁十一B，收入於楊家駱主編《中學術名著第三輯・國史彙編第一期書第十冊》（臺北・世界書局，1974年6月），頁3658上、下。

〔註78〕見（宋）李燾撰：《續資治通鑑長編》第十冊，卷三百六十，頁十九B，收入於楊家駱主編《中學術名著第三輯・國史彙編第一期書第十冊》（臺北・世界書局，1974年6月），頁3662下。

〔註79〕見（宋）李燾撰：《續資治通鑑長編》第十冊，卷三百六十二，頁十二B，收入於楊家駱主編《中學術名著第三輯・國史彙編第一期書第十冊》（臺北・世界書局，1974年6月），頁3677下。

〔註80〕見（宋）陸佃：《陶山集》卷十一，頁一A～頁四B，收錄於（清）永瑢、紀昀纂修《景印文淵閣四庫全書》，（臺北：臺灣商務印書館，1986年3月），第一一一七冊，頁141～143。

按：《續資治通鑑長編》卷三百六十五載：

> 二月乙丑，命宰臣蔡確提舉修《神宗皇帝實錄》，以翰林學士兼侍講鄧
> 溫伯、吏部侍郎陸佃並為修撰官，左司郎中兼著作郎林希、右司郎中
> 兼著作郎曾肇並為檢討官，入內都都知張茂則都大提舉管勾。〔註81〕

修撰間，因王安石之故，陸佃與同僚多有爭辯。如《宋史·陸佃傳》所載：「數
與史官范祖禹、黃庭堅爭辨，大要多是安石，為之晦隱。庭堅曰：『如公言，蓋
佞史也。』佃曰：『盡用君意，豈非謗書乎！』」〔註82〕

四月癸巳（六日），王荊公病卒於江寧，「佃率諸生供佛，哭而祭之，識者
嘉其無向背」〔註83〕，作〈祭丞相荊公文〉〔註84〕、〈丞相荊公挽歌詞〉〔註85〕
悼祭恩師。

四月乙巳（十八日），充天章閣待制，作〈謝加天章閣待制表〉〔註86〕

按：《續資治通鑑長編》卷三百七十五載：

> 四月乙巳。詔吏部尚書孫永充端明殿學士，兵部尚書王存充樞密直
> 學士，吏部侍郎陸佃充天章閣待制，兵部侍郎趙彥若充龍圖閣待制，
> 中書舍人錢勰充天章閣待制，用乙酉詔書，見任職事官並帶舊職也。
>
> 〔註87〕

〔註81〕　（宋）李燾撰：《續資治通鑑長編》第十一冊，卷三百六十五，頁十一A，收入於
　　　　楊家駱主編《中學術名著第三輯·國史彙編第一期書》第十一冊（臺北·世界書
　　　　局，1974年6月），頁3714下。

〔註82〕　見《宋史·陸佃傳》卷三百四十三，列傳第一百二。

〔註83〕　見《宋史·陸佃傳》卷三百四十三，列傳第一百二。

〔註84〕　見（宋）陸佃：《陶山集》卷十三，頁十八B～十九A，收錄於（清）永瑢、紀昀
　　　　纂修《景印文淵閣四庫全書》，（臺北：臺灣商務印書館，1986年3月），第一一一
　　　　七冊，頁164。

〔註85〕　見（宋）陸佃：《陶山集》卷三，頁十三B，收錄於（清）永瑢、紀昀纂修《景印文
　　　　淵閣四庫全書》，（臺北：臺灣商務印書館，1986年3月），第一一一七冊，頁83。

〔註86〕　見（宋）陸佃：《陶山集》卷七，頁五，收錄於（清）永瑢、紀昀纂修《景印文淵
　　　　閣四庫全書》，（臺北：臺灣商務印書館，1986年3月），第一一一七冊，頁113。

〔註87〕　（宋）李燾撰：《續資治通鑑長編》第十一冊，卷三百七十五，頁十四A，收入於
　　　　楊家駱主編《中學術名著第三輯·國史彙編第一期書第十一冊》（臺北·世界書局，
　　　　1974年6月），頁3857下。

六月丙午（二十日），陸佃同孔文仲、蘇軾、孫永等二十七人上〈議富弼配享狀〉，議以富弼配享神宗廟庭，詔從之。〔註88〕

七月戊辰（十二日），吏部侍郎陸佃為禮部侍郎，給事中孫覺為吏部侍郎。〔註89〕

宋哲宗元祐二年（丁卯，1087）四十六歲

二月，作〈乞宣仁聖烈皇后改御崇政殿受策狀〉〔註90〕，註云：「內批并詔附元祐二年，二月寒食，假中佃入此奏」。

宋哲宗元祐三年（戊辰，1088）四十七歲，五子陸宷〔註91〕出生。

三月丙辰（九），韓絳卒，作〈韓康公挽歌詞三首〉〔註92〕。

十月，陸佃與曾肇、趙彥若等人上奏請殿試復用「三題之制」試之。

按：《續資治通鑑長編》卷四百十五載：

> 是月，吏部侍郎傅堯俞、范百祿、禮部侍郎陸佃、兵部侍郎趙彥若、
> 中書舍人曾肇、劉攽、彭汝礪、天章閣待制劉奉世、國子司業盛僑、
> 豐稷、御史翟思、趙挺之、王彭年言：「準元祐三年九月九日敕中書
> 省臣僚上言，臣昨因賜對，曾具奏陳及續進劄子，言將來殿試宜即

〔註88〕 一同上疏者有蘇軾、孫永、李常、韓忠彥、王存、鄧溫伯、劉摯、陸佃、傅堯俞、趙瞻、趙彥若、崔台符、王克臣、謝景溫、胡宗愈、孫覺、范百祿、鮮于侁、梁燾、顧臨、何洵直、范祖禹、辛公祐、呂希存、周秩、嚴復、江公著等二十七人。見李春梅編：《三孔事跡編年》，收錄於《宋人年譜叢刊》第五冊，（成都‧四川大學出版社，2003年），頁2899。

〔註89〕 （宋）李燾撰：《續資治通鑑長編》第十一冊，卷三百八十二，頁十七B，收入於楊家駱主編《中學術名著第三輯‧國史彙編第一期書第十一冊》（臺北‧世界書局，1974年6月），頁3945下。

〔註90〕 見（宋）陸佃：《陶山集》卷四，頁十B～十一A，收錄於（清）永瑢、紀昀纂修《景印文淵閣四庫全書》，（臺北：臺灣商務印書館，1986年3月），第一一一七冊，頁91。

〔註91〕 按：陸宷（1088～1148），字元珍。陸佃之子，歷任仁和縣尉、越州司工曹事。後提舉京畿平等事。金人犯闕，諸司皆遁去，宷獨以便宜招集燕山戍卒數千，雜以保甲，日夜部勒習教，扼據要害，虜不能犯，而潰卒亦不為亂，措置號令，有大將風采。金虜南侵，自劾罷歸。紹興十八年卒，年六十一。見《南宋文範》卷六十六。

〔註92〕 見（宋）陸佃：《陶山集》卷三，頁十四，收錄於（清）永瑢、紀昀纂修《景印文淵閣四庫全書》，（臺北：臺灣商務印書館，1986年3月），第一一一七冊，頁83。

用祖宗試三題之法，并乞先賜詔諭中外之士，未蒙施行。伏緣朝廷既降朝命，科舉兼用辭律，使天下學者習之矣。辭律之學，用志最勤，惟殿試之日，第其藝業而甲乙之，諸生進取於此爲重。若復試策，則積日所勤，反爲無用，而升降謬誤，去取乖失。蓋用策以來，其弊不一，其始用也，驟以政務賜問於廷，即未測知，可使人自獻其說；然既著爲定例，諸生在外，莫不宿造預作之，文不工者可以假託他人，學不充者可以累集古語，試日就所問目貫穿以成文爾。何則？禮部廣場考核進黜，未必精密，荒唐濫中者每爲不少，而又人主臨軒，其所詢訪，必當時之大務也。如今春殿試，必問去冬寒雪之異及官□之弊，此類皆舉子所知，故宿造預作者可以應對而無疑，考校之官憑此以辨優劣，以第高下，安得實也？惟三題散出諸書，不可前料，詩賦以見其才，論以知其識，且無以伸佞時之說焉。蓋對策之流，本緣進取而來，利害交其前，得失攖其心，於是佞辭以取說，妄意以希合者，比比皆是，如昨對策以陰雪爲瑞之類者是也，既而朝廷例賜名第，則自謂其言見取，從而習以爲常。其決科筮仕既以佞進，則從政立朝又將循而蹈之，其肯盡忠而忤時乎？故人才日益卑，風節漸衰，此亦驅之使然也。今天下學者既習辭律，漸知古今，臣請將來殿試，即用祖宗試三題之制，仍預賜指揮，以信學者。」〔註93〕

十二月甲子（二十二日），姆嬬王氏病卒，作〈王氏夫人墓誌銘〉〔註94〕。

宋哲宗元祐四年（己巳，1089）四十八歲

二月甲辰（三日），呂公著卒，作〈呂申公挽歌詞〉〔註95〕。

〔註93〕見（宋）李燾撰：《續資治通鑑長編》第十二冊，卷四百十五，頁二十九B～三十一B，收入於楊家駱主編《中學術名著第三輯‧國史彙編第一期書》第十二冊（臺北‧世界書局，1974年6月），頁4272上～頁4273上。

〔註94〕見（宋）陸佃：《陶山集》卷十四，頁十四B～十五B，收錄於（清）永瑢、紀昀纂修《景印文淵閣四庫全書》，（臺北：臺灣商務印書館，1986年3月），第一一七冊，頁184。

〔註95〕見（宋）陸佃：《陶山集》卷三，頁十三B，收錄於（清）永瑢、紀昀纂修《景印文淵閣四庫全書》，（臺北：臺灣商務印書館，1986年3月），第一一七冊，頁83。

宋哲宗元祐五年（庚午，1090）四十九歲

三月丙辰（二十七日），呂公孺卒，作〈呂尚書挽歌詞〉〔註96〕。

三月己卯（十四日），陸佃加龍圖閣待制，為吏部侍郎。

按：《續資治通鑑長編》卷四百三十九載：

> 兵部侍郎趙彥若為禮部侍郎，政目云：尋依舊。禮部侍郎陸佃加龍圖閣
> 待制，為吏部侍郎，政目云：尋依舊。光祿卿范純禮權兵部侍郎。彥若、
> 佃尋復故，純禮改刑部。十六日，佃、彥若復為禮、兵侍郎，純禮改刑侍，今
> 并書。國子司業豐稷為起居舍人。〔註97〕

三月辛巳（十六日），復為禮部侍郎。

六月辛丑（八日），陸佃以禮部侍郎權禮部尚書。

按：《續資治通鑑長編》卷四百四十三載：

> 禮部侍郎陸佃權禮部尚書，兵部侍郎趙彥若權兵部尚書。十六日，鄭雍
> 論陸佃。檢校太保、知溪峒順州兼都巡檢使田忠俊為檢校太傅。〔註98〕

六月己酉（十六日），鄭雍上書言陸佃「附會穿鑿」、「苟容偷合」封還禮部尚書
之命，蘇轍上書對陸佃之任命有所疑議，故哲宗詔陸佃候《實錄》書成日，別
取旨。陸佃作〈乞潁州第一劄子〉〔註99〕、〈第二劄子〉〔註100〕、〈第三劄子〉

〔註96〕見（宋）陸佃：《陶山集》卷三，頁十四 B～十五 A，收錄於（清）永瑢、紀昀纂
修《景印文淵閣四庫全書》，（臺北：臺灣商務印書館，1986 年 3 月），第一一一七
冊，頁 83～84。

〔註97〕見（宋）李燾撰：《續資治通鑑長編》第十二冊，卷四百三十九，頁十一 B，收入
於楊家駱主編《中學術名著第三輯・國史彙編第一期書》第十二冊（臺北・世界
書局，1974 年 6 月），頁 4471 下。

〔註98〕見（宋）李燾撰：《續資治通鑑長編》第十三冊，卷四百四十三，頁一 B，收入於
楊家駱主編《中學術名著第三輯・國史彙編第一期書》第十三冊（臺北・世界書
局，1974 年 6 月），頁 4502 上。

並見（宋）孫汝聽編：《蘇潁濱年表》，收錄於《宋人年譜叢刊》第五冊，據《永
樂大典》卷二三九九影印，（成都・四川大學出版社，2003 年），頁 2951。

〔註99〕見（宋）陸佃：《陶山集》卷四，頁二 B～三 A，收錄於（清）永瑢、紀昀纂修《景
印文淵閣四庫全書》，（臺北：臺灣商務印書館，1986 年 3 月），第一一一七冊，頁 87。

〔註100〕見（宋）陸佃：《陶山集》卷四，頁三，收錄於（清）永瑢、紀昀纂修《景印文淵
閣四庫全書》，（臺北：臺灣商務印書館，1986 年 3 月），第一一一七冊，頁 87。

〔註101〕乞補外知潁州，後以佃爲龍圖閣待制、知潁州。

按：《續資治通鑑長編》卷四百四十三載：

> 己酉（十六）〔註102〕，中書舍人鄭雍言：「新除禮部侍郎陸佃權禮部尚書。按：佃附會穿鑿，苟容偷合，其始進已爲清議不容。伏望更擇賢才，處之高位。」詔佃候《實錄》書成日，別取旨。佃乞補外，乃以佃爲龍圖閣待制、知潁州。

> 御史中丞蘇轍言：「臣聞宰相之任，所以鎮撫中外，安靜朝廷，使百官皆得任職，賞罰各當其實，人主垂拱無爲，以享承平之福，此眞宰相職也。臣竊見近者執政進擬鄧溫伯爲翰林學士承旨，除命一下，而中書舍人不肯撰詞，給事中封還詔書，御史全臺、兩省諫議皆力言其不可，議論洶洶，經月不定。而執政之意確然不回，溫伯既仍舊就職，而言者并獲美遷，質之公議，皆不曉其故。若謂執政是邪，則給、舍、臺、諫并係所選，豈其皆非？若以論者誠非邪，則不加黜責，并獲優寵，進退無據。是以公議皆謂朝廷自知其非，但重於改作而已。今者謗議未息，又復進擬禮部侍郎陸佃、兵部侍郎趙彥若權本部尚書，舍人二人復相次封還陸佃之命。臣竊惟此二事本非朝廷急切之務，勢須必行者也。上既不出于人主，下又不起于有司，皆由執政出意用人，致此紛爭。內則皇帝陛下、太皇太后陛下厭於煩言，焦勞彌月，下則侍從要司失其舊職，綱紀廢壞，至於賞罰顚倒，頃所未聞。臣不知爲政如此，得爲鎮撫中外，安靜朝廷者乎？頃者謂六曹侍郎闕人，朝廷始擢用諸卿、監爲權侍郎，蓋以不權侍郎，則本曹公事闕官發遣。如禮、兵諸部，事至簡少，雖無侍郎，但責郎官，亦自可了。況侍郎既具，而復權尚書，此何説也？若謂侍郎久次，當遷尚書，臣不知尚書久次，當遂遷執政乎？此則爲人

〔註101〕見（宋）陸佃：《陶山集》卷四，頁三 B～四 A，收錄於（清）永瑢、紀昀纂修《景印文淵閣四庫全書》，（臺北：臺灣商務印書館，1986 年 3 月），第一一一七冊，頁 87～88。

〔註102〕按：《續資治通鑑長編》第十三冊，卷四百四十三原作「乙酉，中書舍人鄭雍言」，然據同卷六月辛丑「兵部侍郎趙彥若權兵部尚書」下注曰：「十六日，鄭雍論陸佃。」由此可判斷「乙」爲「己」之誤，當正。

擇官，而非爲官擇人之意也。臣待罪執法，竊慮聖意未經究察，但見執政歷詆有司，而自伸其意，使髃臣無由自明，今後更有如此等事，無敢守法爲陛下明白是非者，是以區區獻言，不覺煩瀆，罪當萬死。」〔註103〕

八月甲寅（二十四日），至潁州到任。作〈潁州謝上表〉〔註104〕、〈潁州到任謝二府啓〉〔註105〕、〈潁州到任謝蔡州王左丞啓〉〔註106〕、〈謝賜元祐六年曆日表〉。〔註107〕到任後，陸佃以歐陽修守潁有功，爲其修建祠宇。〔註108〕

按：歐陽修自宋仁宗皇祐元年己丑（1049）正月丙午（十三日）移知潁州，二月丙子至郡，迄皇祐二年庚寅（1050）七月自潁州移知應天府止，雖爲政僅一年半，然因引西湖水以灌漑農田、建西湖書院、免征役等措施，使歐陽脩於當地官聲頗佳，深獲百姓愛戴。歐陽脩於宋神宗熙寧四年（1071 年），以觀文殿大學士太子少師致仕，且選擇歸隱潁州西湖之畔，後終老於此。

潁州任官其間作〈呈幕府諸公〉〔註109〕、〈宴西湖用前韻呈諸公〉〔註110〕、

〔註103〕見（宋）李燾撰：《續資治通鑑長編》第十三冊，卷四百四十三，頁十一 A～頁二十一 B，收入於楊家駱主編《中學術名著第三輯‧國史彙編第一期書第十三冊》（臺北‧世界書局，1974 年 6 月），頁 4564 上～頁 4564 下。

〔註104〕見（宋）陸佃：《陶山集》卷七，頁七，收錄於（清）永瑢、紀昀纂修《景印文淵閣四庫全書》，（臺北：臺灣商務印書館，1986 年 3 月），第一一一七冊，頁 114 下。

〔註105〕見（宋）陸佃：《陶山集》卷十三，頁四，收錄於（清）永瑢、紀昀纂修《景印文淵閣四庫全書》，（臺北：臺灣商務印書館，1986 年 3 月），第一一一七冊，頁 157 上。

〔註106〕見（宋）陸佃：《陶山集》卷十三，頁四 B～頁五 A，收錄於（清）永瑢、紀昀纂修《景印文淵閣四庫全書》，（臺北：臺灣商務印書館，1986 年 3 月），第一一一七冊，頁 157。

〔註107〕見（宋）陸佃：《陶山集》卷七，頁七 B～頁八 A，收錄於（清）永瑢、紀昀纂修《景印文淵閣四庫全書》，（臺北：臺灣商務印書館，1986 年 3 月），第一一一七冊，頁 114～115。

〔註108〕見《宋史‧陸佃傳》卷三百四十三，列傳第一百二：「佃以歐陽脩守潁有遺愛，爲建祠宇。」

〔註109〕見（宋）陸佃：《陶山集》卷二，頁六 B～頁七 A，收錄於（清）永瑢、紀昀纂修《景印文淵閣四庫全書》，（臺北：臺灣商務印書館，1986 年 3 月），第一一一七冊，頁 70～71。

〔註110〕見（宋）陸佃：《陶山集》卷二，頁七 A，收錄於（清）永瑢、紀昀纂修《景印文淵

〈依韻和再開芍藥十六首〉〔註111〕、〈依韻和雙頭芍藥十六首〉〔註112〕、〈依韻和門下呂相公從駕視學〉〔註113〕、〈穎州祈晴祝文〉〔註114〕、〈穎州謝晴祝文〉〔註115〕。

宋哲宗元祐六年（辛未，1091）五十歲

春正月丁卯（七日），御史中丞蘇轍劾奏，論四時不順，禾稼不熟之故，乃肇因於刑政不修，紀綱敗壞之實，「有罪不誅者七，無功受賞者四」，其一即攻訐陸佃任禮部侍郎時迴護兄子陸宇之事。

按：《續資治通鑑長編》卷四百五十四載：

> 是日，御史中丞蘇轍言：劉摯日記：降此章乃正月七日丁卯。「伏見前年冬溫不雪，聖心焦勞，請禱備至。天意不順，宿麥不蕃。去冬此災復甚，而加以無冰。二年之間，天氣如一，若非政事過差，上干陰陽，理不至此。謹按常燠之罰，載於《周書》，而無冰之災，書於《春秋》。聖人之言，必不徒設。臣謹推原經意而驗以時事，惟陛下擇之。蓋〈洪範〉庶徵，哲則時燠，豫則常燠，謀則時寒，急則常寒。哲之為言明也，豫之為言舒也，故漢儒釋之曰：「上德不明，暗昧蔽惑，不能知善惡，無功者受賞，有罪者不殺，百官廢禮，失在舒緩。盛夏日長，暑以養物，政既弛緩，故其罰常燠。」周失之舒，秦失之

淵閣四庫全書》，（臺北：臺灣商務印書館，1986 年 3 月），第一一一七冊，頁 71。

〔註111〕 見（宋）陸佃：《陶山集》卷二，頁七 A～頁十 B，收錄於（清）永瑢、紀昀纂修《景印文淵閣四庫全書》，（臺北：臺灣商務印書館，1986 年 3 月），第一一一七冊，頁 71～72。

〔註112〕 見（宋）陸佃：《陶山集》卷二，頁十 B～頁十四 A，收錄於（清）永瑢、紀昀纂修《景印文淵閣四庫全書》，（臺北：臺灣商務印書館，1986 年 3 月），第一一一七冊，頁 72～74。

〔註113〕 見（宋）陸佃：《陶山集》卷二，頁十四 A，收錄於（清）永瑢、紀昀纂修《景印文淵閣四庫全書》，（臺北：臺灣商務印書館，1986 年 3 月），第一一一七冊，頁 74。

〔註114〕 見（宋）陸佃：《陶山集》卷十三，頁十五 B～十六 A，收錄於（清）永瑢、紀昀纂修《景印文淵閣四庫全書》，（臺北：臺灣商務印書館，1986 年 3 月），第一一一七冊，頁 162～163。

〔註115〕 見（宋）陸佃：《陶山集》卷十三，頁十六，收錄於（清）永瑢、紀昀纂修《景印文淵閣四庫全書》，（臺北：臺灣商務印書館，1986 年 3 月），第一一一七冊，頁 163。

急，故周亡無寒歲，而秦滅無燠年。今連年冬溫無冰，可謂常燠矣；刑政弛廢，善惡不分，可謂舒緩矣。臣非敢妄詆時政，以惑聖聽，請爲陛下具數其實。然事在歲月之前者，臣不能盡言，請言其近者。凡有罪不誅者七，無功受賞者四：陸佃爲禮部侍郎，所部有訟，而其兄子宇乃與訟者酒食交通，獄既具，而有司當宇無罪。此有罪而不誅者一也。石麟之爲開封府推官，與訴訟者私相往來，傳達言語，獄上而罷，更爲郎官。此有罪而不誅者二也。李偉建言乞回奪大河，朝廷信之，爲起大役，費用不貲。今黃河北流如舊，漲水既退，東流淤塡，遂成道路。臣屢乞正偉欺罔誤國之罪，不蒙采納，任偉如故。此有罪而不誅者三也。開封府推官王詔故入徒罪，雖蒙德音，法當衝替，而詔仍得守郡，至今經營差遣，遷延不去。此有罪而不誅者四也。知祥符張亞之爲官戶理索積年租課，至勘決不當償債之人，估賣欠人田產，及欠人見被枷錮，而田主毆擊至死，身死之後，監督其家不爲少止。本臺按發其罪，而朝廷除亞之眞州，欲令以去官免罪。此有罪而不誅者五也。孫述知長垣縣，決殺訴災無罪之人，臺官有言，然後罷任。雖行推勘，而縱其抵欺，指望恩赦。此有罪而不誅者六也。秀州倚郭嘉興縣人訴災，州縣昏虐，不時受理，臨以鞭撲，使民相驚，自相蹈藉，死者四十餘人。雖加按治，而知州章衡反得美職，擢守大郡。此有罪而不誅者七也。

　　近日差除戶部尚書以下十餘人，其間人材粗允公議者不過二三人，其他多老病之餘及執政所厚善耳。臣與僚佐共議，以爲不可勝言，是以置而不論，獨取其尤不可者杜常、王子韶二人論之，然皆不蒙施行。夫杜常在熙寧間諂事呂惠卿兄弟，注解惠卿所撰手實文字，分配五常，比之經典，及其所至謬妄，取笑四方。其在都司，希合時忱、任永壽等旨意、施之政事，前後屢爲臺官所劾。兼其人物凡猥，學術荒謬，而置之太常禮樂之地，命下之日，士人無不掩口竊笑。此無功而受賞者一也。王子韶昔在三司條例司，諂事王安石，創立青苗、助役之法，臣時與之共事，實所親見。及呂公著爲御史中丞，舉爲臺官，公著以言新政罷去，而子韶隱忍不言。先帝覺其姦佞，親批聖語，指其罪狀。自是以來，士人不復比數，但以

善事權要子弟，故前後多得美官。今又擢之秘書，指日循例當得侍從，公論所惜，實在於此。此無功而受賞者二也。張淳資才凡下，從第二任知縣擢爲開封司錄，曾未數月，厭其繁劇，求爲寺監丞，即得將作，又不數月，令權開封推官，意欲因權即眞，迤邐遷上。此無功而受賞者三也。丁恂罷少府簿，經年不得差遣，一爲韓維女婿，即時擢爲將作監丞。此無功而受賞者四也。其因緣親舊，馳騖請謁，特從常調，與之堂除，以至除目猥多，待闕久遠，孤寒失望，中外嗟怨者，尚不可勝數。

凡上件事，皆刑政不修，紀綱敗壞之實也。大率近歲所爲，類多如此，譬如天時有春夏而無秋冬，萬物雖得生育而不堅成。天之應人，頗以類至。宜指揮大臣，今已行者即加改正，未行者無踵前失，勉強修飾，以答天變。臣伏見去年歲在庚午，世俗所傳本非善歲，徒以二聖至仁無私，德及上下，故此凶歲化爲有年。然事有過差，猶不免常燠無冰之異。由此觀之，天地雖遠，得失之應，無一可欺，若更能恐懼修省，戒飭在位相勉爲善，則太平之功庶幾可致也。臣備位執法，實欲使陛下比隆堯、舜，無缺可指，無災可救，是以區區獻言，不覺煩多，死罪死罪。陸宇無罪、石麟之除郎官，政目六月二十一日；麟之袞州、張亞之除眞州，政目去年十八日；亞之知泗州，今年六月十九日自眞州改府推；孫述罷長垣；嘉興訴災死者四十餘人；張淳權府推，六年十月一日，將作監丞張淳爲府推；丁恂除監丞：七事當考。杜常正月二十二日壬午自少常改太僕，此云不蒙施行，然則輙奏此必在二十二日壬午前也，合依劉摯日記附正月七日。

案：「十八日」上原本誤脫月分。〔註116〕

三月癸酉（十四日），以《神宗皇帝實錄》書成賞功，陸佃爲龍圖閣直學士。

按：《續資治通鑑長編》卷四百五十六載：

詔右正議大夫、端明殿學士、禮部尚書鄧溫伯，朝請大夫、翰林學士、知制誥趙彥若，左朝奉郎、給事中范祖禹，左朝請郎、寶文閣

〔註116〕見（宋）李燾撰：《續資治通鑑長編》第十三冊，卷四百五十四，頁一A～頁四A，收入於楊家駱主編《中學術名著第三輯・國史彙編第一期書第十三冊》（臺北・世界書局，1974年6月），頁4597上～頁4598下。

待制、知應天府曾肇，左朝奉大夫、天章閣待制、知杭州林希各遷
一官。龍圖閣待制、知潁州陸佃爲龍圖閣直學士，著作佐郎黃庭堅
爲起居舍人。都大管勾入內內侍省都知張茂則與男一名遷一官。承
受入內內侍省內侍押班、文思使、嘉州刺史梁惟簡，入內內侍省內
東頭供奉官、管當御藥院、寄供備庫使陳衍，供備庫副使郝終吉，
內殿承制馮珣各遷一官，內陳衍寄資。溫伯等並以《神宗皇帝實錄》
書成賞功也。佃、庭堅，二十六日、二十八日可考。劉摯十四日記云：實錄修撰
官推恩，提舉官從別制外，餘不以歲月久近、在內外，例增一秩。諭中書令十六日進
熟狀。〔註117〕

此次晉爲龍圖閣直學士，韓川、朱光庭、范祖禹多執異議而上書，如：

三月丁丑（十八日），中書舍人韓川以陸佃「爲人污下，無以慰天下之望。」
封還陸佃除命。後陸佃除命仍行。

按：《續資治通鑑長編》卷四百五十六載：

中書舍人韓川言：「新除陸佃龍圖閣直學士，按佃爲人污下，無以慰
天下之望。」詔命詞行下。初四日除。

先是，佃及黃庭堅除命下中書，川並封還。是日，呂大防不入，
川過都省稟議，劉摯諭以佃爲侍從十餘年，昨乞外任，自當加職。
是時方以言者有所及，故降旨候《實錄》成，不轉官加職。今書成，
行前旨爾。言者所指，後制獄根究無罪也。川曉然而去，庭堅方議
之。此據劉摯十八日所記增入。韓川同繳佃及庭堅除目，今先行佃詞，庭堅竟罷，
在二十八日丁亥。〔註118〕

〔註117〕見（宋）李燾撰：《續資治通鑑長編》第十三冊，卷四百五十六，頁四 A～頁四 B，
收入於楊家駱主編《中學術名著第三輯·國史彙編第一期書第十三冊》（臺北·世
界書局，1974 年 6 月），頁 4614 上。並見於見（宋）黃䎖編：《山谷年譜》卷二十
六：「詔陸佃爲龍圖閣直學士，並以《神宗實錄》書成賞勞也」，收錄於《宋人年
譜叢刊》第五冊，景印《文淵閣四庫全書》本，（成都·四川大學出版社，2003
年），頁 3069。

〔註118〕見（宋）李燾撰：《續資治通鑑長編》第十三冊，卷四百五十六，頁七 A，收入於
楊家駱主編《中學術名著第三輯·國史彙編第一期書》第十三冊（臺北·世界書
局，1974 年 6 月），頁 4615 下。

三月乙酉（二十六日），給事中朱光庭言：「《神宗皇帝實錄》書成，修撰官陸佃除龍圖閣直學士。按祖宗事例，當進官，未當加職。」詔依前行下。〔註119〕

四月癸巳（三日），給事中范祖禹言：「陸佃以《實錄》書成恩，除龍圖閣直學士。按故事無例，命下恐致煩言。」詔佃遷一官。〔註120〕

八月辛卯（四日），祖母吳氏病卒，作〈仁壽縣太君吳氏墓誌銘〉〔註121〕

八月辛亥（二十四），友黃舜卿卒，作〈諸暨黃君墓誌銘〉〔註122〕。

閏八月，陸佃改知鄧州，作〈鄧州到任謝二府啓〉〔註123〕。

宋哲宗元祐七年（壬申，1092）五十一歲

鄧州任內曾作〈乞明州箚子〉〔註124〕、〈謝賜元祐七年曆日表〉〔註125〕。

〔註119〕見（宋）李燾撰：《續資治通鑑長編》第十三冊，卷四百五十六，頁十一A，收入於楊家駱主編《中學術名著第三輯・國史彙編第一期書》第十三冊（臺北・世界書局，1974年6月），頁4617下。

〔註120〕見（宋）李燾撰：《續資治通鑑長編》第十三冊，卷四百五十七，頁二A，收入於楊家駱主編《中學術名著第三輯・國史彙編第一期書》第十三冊（臺北・世界書局，1974年6月），頁4620下。

〔註121〕見（宋）陸佃：《陶山集》卷十五，頁十三B～頁十四B，收錄於（清）永瑢、紀昀纂修景印《文淵閣四庫全書》，（臺北：臺灣商務印書館，1986年3月），第一一一七冊，頁183下～184上。

〔註122〕按：黃舜卿（913～1092），字醇翁，諸暨人。爲人高義，鄉黨待其舉火者且數十家；能急人之困，急難告者，門幾如市。頗獲鄉邑讚譽，稱其慈仁，至號爲佛。宋神宗熙寧四年（辛亥，1071），時陸佃爲鄆州學教授，黃醇翁曾從佃游。元祐六年八月卒，年八十。見（宋）陸佃：《陶山集》卷十四，頁八B～頁九B，收錄於（清）永瑢、紀昀纂修景印《文淵閣四庫全書》，（臺北：臺灣商務印書館，1986年3月），第一一一七冊，頁171。

〔註123〕見（宋）陸佃：《陶山集》卷十三，頁五A～頁六A，收錄於（清）永瑢、紀昀纂修《景印文淵閣四庫全書》，（臺北：臺灣商務印書館，1986年3月），第一一一七冊，頁157下～158上。

〔註124〕文中提及「臣昨知潁州，伏蒙聖恩，就移今任……黽勉從事，迨今已踰半年」，由是判斷，此文作於元祐七年鄧州任內。見（宋）陸佃：《陶山集》卷四，頁四，收錄於（清）永瑢、紀昀纂修《景印文淵閣四庫全書》，（臺北：臺灣商務印書館，1986年3月），第一一一七冊，頁88。

〔註125〕按：〈謝賜元祐七年曆日表〉下，注：鄧州，可知是年仍任鄧州。見（宋）陸佃：《陶山集》卷七，頁九，收錄於（清）永瑢、紀昀纂修《景印文淵閣四庫全書》，

　　四月壬子（八日），黃履知鄧州，鄧州陸佃以左朝奉大夫、充龍圖閣待制知江寧府，十月甲寅（五日）就任〔註126〕。作〈江寧府到任謝二府啓〉〔註127〕、〈江寧府到任祭丞相荊公墓文〉〔註128〕、〈祭王元澤待制墓文〉〔註129〕，十一月作〈謝郊祀加恩表〉〔註130〕，後又作〈謝賜元祐八年曆日表〉〔註131〕。

按：《景定建康志》載：「元祐七年十月，陸佃知江寧」，《宋史・陸佃傳》則載：

　　「徙知鄧州，未幾，知江寧府」〔註132〕。

宋哲宗元祐八年（癸酉，1093）五十二歲

　　二月八日，陸佃丁內艱〔註133〕，自金陵歸鄉里，因無屋廬之故，借寓妙明僧舍。

按：《建康志》載：

　　八年二月，佃丁母憂，四月二十八日，左朝散大夫寶文閣待制曾肇

　　　（臺北：臺灣商務印書館，1986 年 3 月），第一一一七冊，頁 115。

〔註126〕見吳廷燮撰：《北宋經撫年表》卷四，（北京，中華書局，2004 年 2 月重印），頁293。

〔註127〕見（宋）陸佃：《陶山集》卷十三，頁六 A〜頁七 A，收錄於（清）永瑢、紀昀纂修《景印文淵閣四庫全書》，（臺北：臺灣商務印書館，1986 年 3 月），第一一一七冊，頁 158。

〔註128〕按：《宋史・陸佃傳》云：「知江寧府。甫至，祭安石墓」。見《宋史・陸佃傳》卷三百四十三，列傳第一百二。

〔註129〕見（宋）陸佃：《陶山集》卷十三，頁二十三 B〜頁二十四 A，收錄於（清）永瑢、紀昀纂修《景印文淵閣四庫全書》，（臺北：臺灣商務印書館，1986 年 3 月），第一一一七冊，頁 158。

〔註130〕見（宋）陸佃：《陶山集》卷七，頁九 B〜十 A，收錄於（清）永瑢、紀昀纂修《景印文淵閣四庫全書》，（臺北：臺灣商務印書館，1986 年 3 月），第一一一七冊，頁 166 下〜167 上。

〔註131〕見（宋）陸佃：《陶山集》卷七，頁九 B〜十 A，收錄於（清）永瑢、紀昀纂修《景印文淵閣四庫全書》，（臺北：臺灣商務印書館，1986 年 3 月），第一一一七冊，頁 166 下〜167 上。

〔註132〕見《宋史・陸佃傳》卷三百四十三，列傳第一百二。

〔註133〕見吳廷燮撰：《北宋經撫年表》卷四，（北京，中華書局，2004 年 2 月重印），頁293、見（宋）陸游撰、孔凡禮點校：《家世舊聞》，收錄於《歷代史料筆記叢刊・唐宋史料筆記》，（北京，中華書局，1997 年 12 月），頁 181。

知府事。

《家世舊聞》卷上則載：

> 楚公仕宦四十年，意無屋廬。元祐中，以憂歸，寓妙明僧舍而已。
> 晚得地臥龍山下，欲築一區，竟亦不果。山麓有微泉，引作一小池，
> 名之曰三汲泉，今歲久，遂不知其處矣。〔註134〕

宋哲宗紹聖二年（乙亥，1095）五十四歲

春正月，候服闋與小郡，〔註135〕

章惇、蔡卞等論趙彥若等修纂《神宗實錄》厚加誣毀，因而治《神宗實錄》罪，坐落職，陸佃知泰州，作〈泰州謝上表〉〔註136〕〈謝賜紹聖三年日曆表〉〔註137〕。

三月邊珣卒，作〈通直郎邊公墓誌銘〉〔註138〕，三月六日其婿李知剛卒，作〈祭婿李知剛文〉、〈李司理墓誌〉〔註139〕。

〔註134〕見（宋）陸游撰、孔凡禮點校：《家世舊聞》，收錄於《歷代史料筆記叢刊·唐宋史料筆記》，（北京，中華書局，1997年12月），頁181。

〔註135〕見（宋）黃㽦編：《山谷年譜》卷二十六，收錄於《宋人年譜叢刊》第五冊，景印《文淵閣四庫全書》本，（成都·四川大學出版社，2003年），頁3077。

〔註136〕見（宋）陸佃：《陶山集》卷七，頁十三～頁十四 A，收錄於（清）永瑢、紀昀纂修《景印文淵閣四庫全書》，（臺北：臺灣商務印書館，1986年3月），第一一一七冊，頁117下～118上。

〔註137〕按：《陶山集·謝賜紹聖三年日曆表》下附記：原註泰州，由是知是年任職於此。見（宋）陸佃：《陶山集》卷七，頁十四，收錄於（清）永瑢、紀昀纂修《景印文淵閣四庫全書》，（臺北：臺灣商務印書館，1986年3月），第一一一七冊，頁118上。

〔註138〕按：邊珣（1024～1095），字仲實，楚丘人。宋仁宗天聖二年（甲子，1024）生，以陰為太廟齋郎，歷餘姚、會稽縣尉、擢華亭縣令、平江軍節度推官，邠州觀察支使、揚州觀察推官等，後以宣德郎致仕。紹聖二年（乙亥，1095）三月卒，年七十二。見（宋）陸佃：《陶山集》卷十四，頁一～頁三，收錄於（清）永瑢、紀昀纂修《景印文淵閣四庫全書》，（臺北：臺灣商務印書館，1986年3月），第一一一七冊，頁167下～168下。

〔註139〕按：李知剛（1071～1095），字作乂，山陰人，陸佃之婿。宋神宗熙寧四年（辛亥，1071）生，哲宗元祐五年（庚午，1090）舉進士，為別試第一，遂中丙科，後為池州司理參軍。紹聖二年（乙亥，1095）三月六日卒。治學常有前人未發之語，以《春秋》尤有得，亦說三傳以傳經，以《公羊傳》最精。其生平可參見〈祭婿

按：《宋史・陸佃傳》云「章惇、蔡卞等論趙彥若等修纂《神宗實錄》厚加誣
毀，因而治《神宗實錄》罪，坐落職，知秦州。」然據〈泰州謝上表〉
文中所言「矧海陵之善地，亦淮甸之近州。」及《泰州志》所載：「陸佃，
山陰人，二年任」等諸語，可知「秦州」應爲「泰州」之誤。

宋哲宗紹聖三年（丙子，1096）五十五歲

知泰州。

宋哲宗紹聖四年（丁丑，1097）五十六歲

知泰州，是年改知海州。作〈海州到任謝二府啓〉〔註140〕。

七月甲子（十八日），黃頤卒，作〈黃君墓誌銘〉〔註141〕。

宋哲宗紹聖五年（戊寅，1098）五十七歲

知海州。

宋哲宗元符元年（戊寅，1098），五十七歲

知海州。

五月戊申（一日）朔，作〈賀受玉璽表〉。

按：是年，咸陽段義得玉印一紐，詔蔡京等辦驗，五月戊申朔（一日），御大慶

李知剛文〉（收錄於（宋）陸佃：《陶山集》卷十三，頁二十一 B〜頁二十三 A，
收錄於（清）永瑢、紀昀纂修《景印文淵閣四庫全書》，（臺北：臺灣商務印書館，
1986 年 3 月），第一一一七冊，頁 165 下〜166）〈李司理墓誌〉（收錄於（宋）陸
佃：《陶山集》卷十四，頁九 B〜頁十二 A，收錄於（清）永瑢、紀昀纂修《景印
文淵閣四庫全書》，（臺北：臺灣商務印書館，1986 年 3 月），第一一一七冊，頁
171 下〜173 上）及《宋元學案補遺》卷九十八，頁 153 等。

〔註140〕見（宋）陸佃：《陶山集》卷十三，頁七 B〜頁八 A，收錄於（清）永瑢、紀昀纂
修《景印文淵閣四庫全書》，（臺北：臺灣商務印書館，1986 年 3 月），第一一一
七冊，頁 158 下〜159 上。

〔註141〕按：黃頤（1039〜1097），字謂之、吉老，剡人。神宗熙寧中，吳越大飢且疫病四
起，眾人皆走避，獨黃頤爲患者粥藥治之，以此受鄉人重之。元豐中，以恩補將
仕郎，試將作監主簿，調南康軍司戶參軍，以重離親，不復出仕。哲宗紹聖四年
（丁丑，1097）七月甲子病卒，年五十九。見（宋）陸佃：《陶山集》卷十四，頁
六 A〜頁八 B，收錄於（清）永瑢、紀昀纂修《景印文淵閣四庫全書》，（臺北：
臺灣商務印書館，1986 年 3 月），第一一一七冊，頁 170〜171 上。

殿受天授傳國受命寶，行朝會禮。〔註142〕

宋哲宗元符二年（己卯，1099）五十八歲

春正月乙丑（二十二日），朝論灼其情，複集賢殿修撰，移知蔡州。作〈謝復集賢殿修撰表〉〔註143〕、〈復集賢殿修撰謝二府啓〉〔註144〕、〈蔡州謝上表〉〔註145〕。

按：《續資治通鑑常編》載：

朝散郎、知海州陸佃爲集賢殿修撰改知蔡州。詔以佃係元祐餘黨，

於同時人中情實有異，褫職已久故也。此據邸報增入。〔註146〕

作〈蔡州到任謝兩府啓〉〔註147〕

五月，建西安州及天都等砦，作〈賀城西州表〉〔註148〕，是月，《爾雅新義》撰成，作〈爾雅新義序〉〔註149〕。

〔註142〕見（宋）陸佃：《陶山集》卷八，〈賀受玉璽表〉，頁一Ｂ～二Ｂ，收錄於（清）永瑢、紀昀纂修《景印文淵閣四庫全書》，（臺北：臺灣商務印書館，1986年3月），第一一一七冊，頁118下～119上。

〔註143〕見（宋）陸佃：《陶山集》卷八，頁二Ｂ～三Ａ，收錄於（清）永瑢、紀昀纂修《景印文淵閣四庫全書》，（臺北：臺灣商務印書館，1986年3月），第一一一七冊，頁119。

〔註144〕見（宋）陸佃：《陶山集》卷十三，頁八Ｂ～頁九Ａ，收錄於（清）永瑢、紀昀纂修《景印文淵閣四庫全書》，（臺北：臺灣商務印書館，1986年3月），第一一一七冊，頁159。

〔註145〕見（宋）陸佃：《陶山集》卷八，頁三Ａ～四Ａ，收錄於（清）永瑢、紀昀纂修《景印文淵閣四庫全書》，（臺北：臺灣商務印書館，1986年3月），第一一一七冊，頁119下～120上。

〔註146〕（宋）李燾撰：《續資治通鑑長編》第十四冊，卷五百五，頁十五Ａ，收入於楊家駱主編《中學術名著第三輯‧國史彙編第一期書第十四冊》（臺北‧世界書局，1974年6月），頁5143上。

〔註147〕見（宋）陸佃：《陶山集》卷十三，頁九，收錄於（清）永瑢、紀昀纂修《景印文淵閣四庫全書》，（臺北：臺灣商務印書館，1986年3月），第一一一七冊，頁159下。

〔註148〕見（宋）陸佃：《陶山集》卷八，頁四Ａ～四Ｂ，收錄於（清）永瑢、紀昀纂修《景印文淵閣四庫全書》，（臺北：臺灣商務印書館，1986年3月），第一一一七冊，頁120上。

〔註149〕見（宋）陸佃：《陶山集》卷十一，頁五Ａ～頁五Ｂ，收錄於（清）永瑢、紀昀纂修《景印文淵閣四庫全書》，（臺北：臺灣商務印書館，1986年3月），第一一一

九月，哲宗立賢妃劉氏為皇后，作〈賀冊皇后表〉以朝賀〔註150〕，其時，并聞青唐酋隴拶以城降，詔以青唐為鄯州之訊，作〈賀收青唐表〉以稱賀〔註151〕，時佃在蔡州。是月，束長孺之母卒，作〈王氏夫人墓誌銘〉〔註152〕。

宋哲宗元符三年（庚辰，1100）五十九歲

是年，知蔡州。

春正月己卯（十二），哲宗趙煦崩，趙佶繼位，是為徽宗。作〈賀徽宗皇帝登寶位表〉。丙戌（十九），徽宗批付三省，以尚書及從官闕，令與樞密院參議，具前執政十人，餘可充從官者二十人姓名進入，陸佃為其中一位。

按：《續資治通鑑長編》卷五百二十載：

> 上批付三省，以尚書及從官闕，令與樞密院參議，具前執政十人，餘可充從官者二十人姓名進入。章惇、曾布等聚議，以陸佃、曾肇、冀原、郭知章及蔣之奇、葉祖洽、邢恕等名聞奏。布曰：「葉濤亦當與選。」惇曰：「如此，則王古、范純粹亦當與。」蔡卞初難之，既而曰：「濤亦不妨，但須并朱服不可遺爾。」〔註153〕

春正月乙未（二十八日），神宗與曾布再論及以尚書及從官闕之事，後以集賢殿修撰、知蔡州陸佃為吏部侍郎。

按：《續資治通鑑長編》卷五百二十載：

> 是日，上又語輔臣以尚書從官闕人，曾布曰：「姓名已進入。」上曰：

七冊，頁 143。

〔註150〕見（宋）陸佃：《陶山集》卷八，頁四 B～五 A，收錄於（清）永瑢、紀昀纂修《景印文淵閣四庫全書》，（臺北：臺灣商務印書館，1986 年 3 月），第一一一七冊，頁 120。

〔註151〕見（宋）陸佃：《陶山集》卷八，頁五 B～六 A，收錄於（清）永瑢、紀昀纂修《景印文淵閣四庫全書》，（臺北：臺灣商務印書館，1986 年 3 月），第一一一七冊，頁 120 下～頁 121 上。

〔註152〕見（宋）陸佃：《陶山集》卷十五，頁十五 B～十七 A，收錄於（清）永瑢、紀昀纂修《景印文淵閣四庫全書》，（臺北：臺灣商務印書館，1986 年 3 月），第一一一七冊，頁 184 下～頁 185 下。

〔註153〕（宋）李燾撰：《續資治通鑑長編》第十四冊，卷五百二十，頁十九 B，收入於楊家駱主編《中學術名著第三輯・國史彙編第一期書第十四冊》（臺北・世界書局，1974 年 6 月），頁 5276 下。

「只是韓忠彥、李清臣、黃履三人，安燾不堪，其次從官如何？」布曰：「陸佃、曾肇、龔原、郭知章及葉濤等恐可除。」上曰：「蔣之奇。」布曰：「葉祖洽亦是。」上曰：「待批出。」布又曰：「不唯從官，執政亦闕，本是八員，今止有其半。」章惇曰：「三省、密院各只一人。」上亦曰：「少一半。」蔡卞遽曰：「此尤不可不審。」至簾前，布白太后：「上旨又及尚書從官闕，臣等奏云，姓名已進入，在聖斷裁處。」因言前執政只三人，惇遽言：「元祐措置邊事皆韓忠彥，昨至紹聖二年，西人分畫地界，捉過説話指揮使去。曾布欲一變邊事，忠彥猶云：『待捉了高永能後商量。』永能乃本路鈐轄，亦商量地界官。曾布曰：『此時無面目見天下人。』方屈服。安燾尤甚，以爲汝遮先帝不敢築，今何可議。其後進築乃在汝遮二百五十里外。」布曰：「忠彥誠有此言，然亦柔順易屈服；安燾誠拗強，難與議事。」惇曰：「忠彥若在朝廷，亦做邊事不得。」遂退。先是，上又嘗語及人材，布曰：「陛下踐阼之初，中外觀望，凡號令政事，進退人材，不可不謹。」及至簾前，又以此奏。蔡卞曰：「只是恐有人援引譏毀先帝之人，望皇太后主張照察。」布曰：「同是臣子，古人有言：『見無禮於其君者，如鷹鸇之逐鳥雀。』亦必無此理。」卞退謂布曰：「公之言甚好，然外人已傳召梁惟簡歸，此不可不慮。」布曰：「公但安心，蘇軾、轍輩必未便歸也，其他則未可知耳。」尋批出除忠彥等七人，忠彥以資政殿大學士知大名府，除吏部尚書。李清臣以資政殿大學士知真定府，除禮部尚書。黃履以右正議大夫知亳州，除資政殿大學士，提舉中太一宮兼侍讀。惇嘗言前執政有例作經筵，故履有是除。又以集賢殿修撰、知蔡州陸佃爲吏部侍郎；集賢殿修撰、知和州郭知章爲工部侍郎；集賢殿修撰知海州曾肇、中書舍人集賢殿修撰知潤州龔原爲祕書監兼侍講。三省得御批，即施行。布謂惇曰：「昨御批本令密院參議進入姓名，今乃不見御批，何也？」尋呼堂吏詰責，惇遣吏白布曰：「此依官制，不敢鹵莽。」布曰：「然則御批違官制也？」〔註154〕

〔註154〕（宋）李燾撰：《續資治通鑑長編》第十四冊，卷五百二十，頁二十六Ｂ～頁二十八Ａ，收入於楊家駱主編《中學術名著第三輯・國史彙編第一期書》第十四冊（臺北・世界書局，1974年6月），頁5280上～頁5281上。

正月丙申（二十九日），授尚書吏部侍郎職

　　二月作〈辭免吏部侍郎箚子〉〔註155〕、〈謝吏部侍郎表〉〔註156〕。

　　三月庚寅（二十五日），上〈舉臺諫官箚子〉〔註157〕。

　　六月，作〈謝權吏部尚書表〉〔註158〕。

　　七月癸未，秋，奉命出使遼。作〈辭免奉使大遼箚子〉〔註159〕。陸佃於此年冬日北行，十一月二十日至中京，隔年正月旦南歸。

按：《宋史‧本紀第十九‧徽宗紀》云：

　　元符三年七月癸未，遣陸佃、李嗣徽報謝於遼」〔註160〕。

按：《家世舊聞》卷上則云：

　　楚公元符庚辰冬，自權吏部尚書受命回謝北朝國使，與西上閤門使、
　　泰州團練使李嗣徽偕行……後數日，至其國都，……明年正月旦，
　　南歸，未至幽州，聞洪基卒，孫燕王延禧嗣立」〔註161〕。

又云：

〔註155〕見（宋）陸佃：《陶山集》卷四〈辭免吏部侍郎箚子〉，收錄於（清）永瑢、紀昀纂修《景印文淵閣四庫全書》，（臺北：臺灣商務印書館，1986年3月），第一一一七冊，頁88。

〔註156〕見（宋）陸佃：《陶山集》卷八〈謝吏部侍郎表〉，頁六B～頁七A，（清）永瑢、紀昀纂修《景印文淵閣四庫全書》，（臺北：臺灣商務印書館，1986年3月），第一一一七冊，頁121。

〔註157〕見（宋）陸佃：《陶山集》卷四〈舉臺諫官箚子〉，收錄於（清）永瑢、紀昀纂修《景印文淵閣四庫全書》，（臺北：臺灣商務印書館，1986年3月），第一一一七冊，頁89下。

〔註158〕見（宋）陸佃：《陶山集》卷八〈謝權吏部侍郎表〉，頁八A～頁九A，（清）永瑢、紀昀纂修《景印文淵閣四庫全書》，（臺北：臺灣商務印書館，1986年3月），第一一一七冊，頁122。

〔註159〕見（宋）陸佃：《陶山集》卷四，頁八B，收錄於（清）永瑢、紀昀纂修《景印文淵閣四庫全書》，（臺北：臺灣商務印書館，1986年3月），第一一一七冊，頁90上。

〔註160〕見（元）脫脫：《宋史‧徽宗紀》，卷十九‧本紀第十九。

〔註161〕見（宋）陸游撰、孔凡禮點校：《家世舊聞》，收錄於《歷代史料筆記叢刊‧唐宋史料筆記》，（北京，中華書局，1997年12月），頁191。

南使過中京，舊例有樂來迎，即以束帛與之。公以十一月二十日至

中京〔註162〕

《宋史・陸佃傳》則云：

> 遷吏部尚書，報聘於遼，歸，半道聞遼主洪基喪，送伴者赴臨而返，
> 誚佃曰：「國哀如是，漢使殊無弔唁之儀，何也？」佃徐應曰：「始
> 意君匍匐哭踊而相見，即行弔禮；今偃然如常時，尚何所弔」伴者
> 不能答。〔註163〕

十月乙未（二日），作〈書王文惠公詩後〉〔註164〕。

按：原作下題「元祐庚辰十月二日」，然元祐乃哲宗年號，自元年丙寅起，迄九
年甲戌止，用此年號共計九年，期間無庚辰之年。然哲宗元符三年為庚辰
年，今據此移置此。

宋徽宗建中靖國元年（辛巳，1101）六十歲

正月甲戌（十三日）神宗欽聖憲肅皇后向氏崩，陸佃任禮儀使。三月初，
因少府監韓粹彥、太常少卿李朝玘奉引木主，入黃堂，佃察視之，乃空匣，即
按發其事，并自劾失職，有詔放罪罰銅十斤，作〈謝充欽聖憲肅皇太后欽慈皇
太后山園陵禮儀使放罪表〉〔註165〕。

時逢佃華誕，徽宗特賜羊二十口、法酒一十瓶、法糯酒十一瓶、糯酒十一
瓶、秔米一十五石、麫一十五石。作〈謝賜生日禮物表〉〔註166〕。

按：就〈謝賜生日禮物表〉文中提及「侵尋已老，俄甲子之一周」之片語，可

〔註162〕見（宋）陸游撰、孔凡禮點校：《家世舊聞》，收錄於《歷代史料筆記叢刊・唐宋
史料筆記》，（北京，中華書局，1997年12月），頁196。

〔註163〕見《宋史・卷三百四十三・列傳第一百〇二・陸佃傳》。

〔註164〕見（宋）陸佃：《陶山集》卷十一，頁八，收錄於（清）永瑢、紀昀纂修《景印文淵
閣四庫全書》，（臺北：臺灣商務印書館，1986年3月），第一一一七冊，頁145上。

〔註165〕見（宋）陸佃：《陶山集》卷八，頁九A～頁十A收入於（清）永瑢、紀昀修《景
印文淵閣四庫全書》，（臺北：臺灣商務印書館，1986年3月），第一一一七冊，
頁122下～123上。

〔註166〕見（宋）陸佃：《陶山集》卷八，〈謝賜生日禮物表〉，頁十三B～頁十四A收入於
（清）永瑢、紀昀修《景印文淵閣四庫全書》，（臺北：臺灣商務印書館，1986年
3月），第一一一七冊，頁124下～125上。

知此文應爲耳順之年所作。

五月，作〈謝試吏部尙書表〉〔註167〕。

五月庚辰（二十），蘇頌卒，作〈祭丞相蘇子容文〉〔註168〕。

六月，詔陸佃作《哲宗實錄》，佃作〈辭免修哲宗皇帝實錄箚子〉〔註169〕。

七月丁亥（二十八日），陸佃自試吏部尙書除中大夫、尙書右丞，〔註170〕

〔註167〕見（宋）陸佃：《陶山集》卷八，頁十A～頁十一A收入於（清）永瑢、紀昀修《景印文淵閣四庫全書》，（臺北：臺灣商務印書館，1986 年 3 月），第一一一七冊，頁 123。

〔註168〕見（宋）陸佃：《陶山集》卷十三，頁二十～頁二十一A，收錄於（清）永瑢、紀昀纂修《景印文淵閣四庫全書》，（臺北：臺灣商務印書館，1986 年 3 月），第一一一七冊，頁 165。按：蘇頌（1020～1101），字子容，宋眞宗天禧四年（庚申，1020）生，泉州南安人。父紳，葬潤州丹陽，因徙寓丹陽。慶曆二年（壬午，1042）與王安石同榜取進士第，歷宿州觀察推官，知江寧縣。仁宗皇祐癸巳（五年，1053年），召試館閣校勘、同知太常禮院，後遷集賢院校理九年，編定《本草圖經》二十一卷。英宗時遷度支判官，神宗熙寧戊申（元年，1068 年），命爲淮南轉運使。召修《起居注》，旋即擢知制誥、知通進銀臺司、知審刑院。拜知造誥、知審刑院等職，宋哲宗元祐元年（丙寅，1086 年），任刑部尙書，遷吏部兼侍讀。元祐三年（戊辰，1088 年），製混天儀。元祐五年（庚午，1090），擢尙書左丞。元祐七年（壬申，1092），拜右僕射兼中書門下侍郎。頌爲相務在史百官遵職，杜絕僥倖之源，爲時人所推服。兩年後罷相，爲觀文殿大學士、集禧觀使，又出知揚州。。紹聖四年，以太子少師致仕，獲賜良田百畝。徽宗立，進太子太保，爵累趙郡公。徽宗建中靖國元年（辛巳，1101）五月卒，年八十二。詔輟視朝二日，贈司空，諡號「正簡」。見《宋史·列傳》，卷三百四十·列傳第九十九·蘇頌傳，頁 10859。

〔註169〕見（宋）陸佃：《陶山集》卷四〈辭免修哲宗皇帝實錄箚子〉，收入於（清）永瑢、紀昀修《景印文淵閣四庫全書》，（臺北：臺灣商務印書館，1986 年 3 月），第一一一七冊，頁 89 下～90 上。

〔註170〕任尙書右丞間曾多次與群臣據理相爭：如（1）將祀南郊，有司欲飾大裘匣，度用黃金多，佃請易以銀。徽宗曰：「匣必用飾邪？」對曰：「大裘尙質，後世加飾焉，非禮也。」徽宗曰：「然則罷之可乎？數日來，豈稷屢言之矣。」佃因贊曰：「陛下及此，盛德之舉也。」徽宗欲親祀北郊，大臣以爲盛暑不可，徽宗意甚確。朝退，皆曰：「上不以爲勞，當遂行之。」李清臣不以爲然。佃曰：「元豐非合祭而是北郊，公之議也。今反以爲不可，何耶？」清臣乃止。

（2）禦史中丞趙挺之以論事不當，罰金。佃曰：「中丞不可罰，罰則不可爲中丞。」諫官陳瓘上書，曾布怒其尊私史而壓宗廟。佃曰：「瓘上書雖無取，不必深怒，若

同時以蔣之奇知樞密院事，端明殿學士章楶同知樞密院事。〔註171〕

十月甲子，兄佖之妻卒，作〈會稽縣君吳氏墓誌銘〉〔註172〕。

十一月庚申，陸佃自尚書右丞除尚書左丞，吏部尚書溫益爲尚書右丞〔註173〕，作〈辭免尚書左丞表〉、〈謝尚書左丞表〉。受封爲吳郡開國公。

是年亦作〈舉進士王昇狀〉〔註174〕、〈辭免多祀加恩表〉及〈謝多祀加恩表〉等。

按：據〈辭免多祀加恩表〉及〈謝多祀加恩表〉皆提及「伏奉告命特授臣依前中大夫守尚書左丞進封吳郡開國公加食邑七百戶食實封二百戶者」〔註175〕，由是可知，陸佃於尚書左丞任內亦曾有受封吳郡開國公之職。

宋徽宗崇寧元年（壬午，1102）六十一歲

五月己卯，陸佃罷尚書左丞，〔註176〕元祐黨禍之故也。

六月丙申，陸佃自尚書左丞依太中大夫出亳州。

按：《宋史·陸佃傳》云：

不能容，是成其名也。」佃執政與曾布比，而持論多近恕。每欲參用元祐人才，尤惡奔競，嘗曰：「天下多事，須不次用人；苟安寗時，人之才無大相遠，當以資歷序進。少緩之，則士知自重矣。」又曰：「今天下之勢，如人大病向愈，當以藥餌輔養之，須其安平；苟爲輕事改作，是使之騎射也。」見（宋）王稱：《東都事略》第四冊，第一三○卷，（臺北：中央圖書館，1991 年 2 月），頁 1498～1499 收入《中央圖書館善本書叢刊》，第四種；事亦見《宋史·卷三百四十三·列傳第一百○二·陸佃傳》。

〔註171〕見（元）脫脫：《宋史·徽宗紀》，卷十九·本紀第十九。

〔註172〕見（宋）陸佃：《陶山集》卷十五，頁十二 B～頁十三 A，收錄於（清）永瑢、紀昀纂修《景印文淵閣四庫全書》，（臺北：臺灣商務印書館，1986 年 3 月），第一一一七冊，頁 183。

〔註173〕見（元）脫脫等修：《宋史·徽宗紀》，卷十九·本紀第十九。

〔註174〕見（宋）陸佃：《陶山集》卷四〈舉進士王昇狀〉，收錄於（清）永瑢、紀昀纂修《景印文淵閣四庫全書》，（臺北：臺灣商務印書館，1986 年 3 月），第一一一七冊，頁 92 下。

〔註175〕見（宋）陸佃：《陶山集》卷八，頁十四 B～頁十五 B，收錄於（清）永瑢、紀昀纂修《景印文淵閣四庫全書》，（臺北：臺灣商務印書館，1986 年 3 月），第一一一七冊，頁 125。

〔註176〕見（元）脫脫等修：《宋史·徽宗紀》，卷十九·本紀第十九。

御史論呂希純、劉安世複職太驟，請加鐫抑，且欲更懲元祐餘黨。

佃爲徽宗言不宜窮治，乃下詔申諭，揭之朝堂。讒者用是詆佃，曰：

「佃名在黨籍，不欲窮治，正恐自及耳。」遂罷爲中大夫、知亳州。

〔註177〕

《宋宰輔編年錄》卷一一載曰：

陸佃罷尚書右丞，依前太中大夫、知亳州。

《續資治通鑑長編拾補》則載：

己亥，御批付中書省：「應係元祐責籍并元符末敘復過當之人，各
具元籍定姓名進入，仍常切契勘，不得與在京差遣」。於是文臣曾
任執政官陸佃及文彥博、呂公著、司馬光等二十二人，待制以上官：
蘇軾、范祖禹、王欽臣等三十五人、餘官秦觀、湯戩等四十八人、
內臣張士良、曾燾、趙約等八人、武臣王獻可、張巽、李備、胡田
等，凡一百一十七人，等其罪狀，謂之姦黨，請御書刻石於端禮門。

〔註178〕

作〈亳州謝上表〉〔註179〕、〈謝賜崇寧二年曆日表〉〔註180〕。

數月卒，年六十一。葬於會稽縣東南四十四里陶宴嶺〔註181〕。

〔註177〕見（元）脫脫等修：《宋史・陸佃傳》，卷三百四十三，列傳第一百二。

〔註178〕見（宋）秦緗業撰：《續資治通鑑長編拾補》，卷二十，頁十三 B～頁十四 B，收
入於楊家駱主編《中國學術名著第三輯・國史彙編第一期書第十五冊》（臺北・世
界書局，1974 年 6 月），頁 5335 下～頁 5336 上。

並見邵祖燾編：《張文潛先生年譜》，收錄於《宋人年譜叢刊》第五冊，影印民國
十八年刊《柯山集》附本，（成都・四川大學出版社，2003 年），頁 3263～3264。

〔註179〕見（宋）陸佃：《陶山集》卷八，頁十五 B～頁十六 B，收錄於（清）永瑢、紀昀
纂修《景印文淵閣四庫全書》，（臺北：臺灣商務印書館，1986 年 3 月），第一一
一七冊，頁 125 下～126 上。

〔註180〕見（宋）陸佃：《陶山集》卷八，頁十六 B，收錄於（清）永瑢、紀昀纂修《景印
文淵閣四庫全書》，（臺北：臺灣商務印書館，1986 年 3 月），第一一一七冊，頁
126 上。

〔註181〕見（清）穆彰阿等修：《嘉慶重修一統志》卷二九四，紹興府：「陸佃墓在會稽縣
東南四十四里陶宴嶺」，收入於《四部叢刊・續編・史部》據上海涵芬樓據清史館
藏進呈寫本攝照，1934 年 4 月影印出版。

宋徽宗崇寧三年（甲申，1104）

六月甲辰（三日）詔放陸佃、司馬光、文彥博等人出黨籍。〔註182〕

徽宗大觀二年（戊子，1108）

三月，詔放陸佃、張耒、葉祖洽等四十八人出黨籍。〔註183〕

宋高宗紹興元年（辛亥，1131）年

三月二十七日，追複資政殿學士。

〔註182〕見（宋）秦緗業撰：《續資治通鑑長編拾補》，卷二十四，頁三 A～頁五 B，收入
　　　　於楊家駱主編《中國學術名著第三輯·國史彙編第一期書第十五冊》（臺北·世界
　　　　書局，1974 年 6 月），頁 5370 上～頁 5371 上。

〔註183〕見《續資治通鑑》卷九〇，並見王兆鵬編：《葉夢得年譜》，收錄於《宋人年譜叢
　　　　刊》第六冊，據《兩宋詞人年譜》刪訂，（成都·四川大學出版社，2003 年），頁
　　　　3912。